徳間文庫

花咲家の旅

村山早紀

徳間書店

目次

登場人物

・花咲茉莉亜　美しい長女。千草苑の看板娘で、併設されているカフェ千草の経営者。風早の街の聖母と呼ばれている。怪奇小説とホラー映画が好き。

・花咲りら子　運動神経抜群で、物事を理論的に考える、冷静な次女。姉弟の中でいちばんの寂しがり屋だが、ひとに甘えるのが下手。

・花咲桂　母の面影を残す末っ子。彼の笑顔に誰もが心を開いてしまう。植物を操る能力が徐々に身についてきているところ。

・花咲草太郎　風早植物園の広報部長。かつて妻を亡くしており、完全に立ち直ったわけではない。そのため、他者の悲しみには敏感。三人の子の父親。

・花咲木太郎　草太郎の父。若い頃は有名なプラントハンターだった。現在は千草苑で造園と庭の手入れを担当。

・小雪　白猫。子猫時代、捨てられていたところを桂に助けられる。桂のことが大好きでいつも一緒。

・磯谷唄子　著名な随筆家。花咲家のひとびとの秘密についてよく知っている理解者。木太郎の幼なじみ。

・有城竹友　風早の街在住の少年漫画家。週二回、茉莉亜とラジオに出演している。

・花咲優音　草太郎の妻。桂を産み、すぐ亡くなってしまう。好きな花はクリスマスローズ。

introduction

風早《かざはや》駅前商店街の、その立派なアーケードの一番奥の辺り。昔の戦争のあと、焼け跡からいち早く復活したいくつかの店の、その中でも特に古い店は、長い歴史を持つお花屋さんでした。その名を千草苑《せんそうえん》といいます。その昔はたくさんの従業員を抱え、大がかりな造園の仕事までも請け負っていた時期もある大きな花屋でしたが、今は仕事を縮小、花束や鉢物《はちもの》などを売り、なじみの家の庭を手入れする程度の仕事をしています。店の一部を使って品の良いカフェも経営していました。花と光があふれる店内で営業されるその店の名はカフェ千草《ちぐさ》。街の住民たちに人気の洒落《しゃれ》たお店でした。

戦後、ほぼ骨組みしか残らなかった状態から建て直された大きな店舗は、和洋折衷のレトロな雰囲気を持つ天井の高い木造の洋館です。明治時代に設計され建てられたその建物を元の通りに復元したものでした。この風早の駅前の辺りの店舗には、もともと歴史のある建物が多く、一部再開発された辺りに超高層のビルやホテルは建っているものの、昔ながらの街の姿も、住民たちの手によって、大切に保存されているのでした。なので、この千草苑のように、後を継いだ子孫の手によって、いにしえの、平和だった頃の姿に復元された建物もいくつかあるのでした。

遠い昔、敗戦間近の八月にこの街を焼いた大きな空襲の炎で、千草苑は、建物を包み咲き誇っていた見事な木香薔薇《もっこうばら》や蔓《つる》薔薇、庭の金木犀《きんもくせい》とともに燃えあがりました。――そのとき、炎に追われ逃げ惑う街の人々の中に、不思議な光景を見た人がいたといいます。まるで洋館を守ろうとするかのように、薔薇の枝と花が揺れ、金木犀の枝が伸び、大きな翼のように建物を包み込み、火からかばっていたのだと。だから、木造の洋館は、その家に住んでいた人々、逃げ遅れた家族を奇跡のように守り抜くことができたのだと。

どこか魔法じみたその日の奇跡を、この街の人々が目撃しても、不思議だ炎の中の幻だ、錯覚だと思わなかったのは、この風早の街が古くから魔法じみた出来事や伝説が多い街だったから。そして、洋館の主である花咲《はなさき》家の人々が、遠い昔から、当たり前の人とはどこか違うとささやかれる、畏怖の対象だったからでした。

この家の人々は魔法を使うと、先祖は神仙やあやかしの血を引くものやも知れぬと、恐れられ、敬《うやま》われていた、千草苑と呼ばれる建物は、そんな一族の住まう屋敷だったのですから。

それももう昔のこと。いまは平成の時代。

焼け跡の名残《なごり》はもはやかけらもなく、戦後明るく華やかに復活し、栄えている街の、その復元された洋館に、いまも一族のゆかりの人々は暮らし、花を売っています。そしてあの日、館を猛火から守ろうとしたという薔薇たちに金木犀は、焼け残った根から復活し、いまも季節ごとに花屋の建物の壁を覆い、庭に立ち、光や星のように花を咲かせ、良い香りをさせているのでした。

第一話　浜辺にて

「ああ、これは冷蔵庫が壊れちまったな」

六月のある日、花咲《はなさき》家のおじいちゃんこと木太郎《もくたろう》さんは、千草苑《せんそうえん》の奥にある大きく古いショーケースを前に、ため息をつきました。

「中がまるで冷えていない。これじゃあせっかくの花たちが、暑さでいたんでしまう」

千草苑の売り物の切り花たちは、若い頃に木太郎さんが特注で作った、豪華な真鍮《しんちゅう》の枠にガラス張りの冷蔵庫に入れられています。あざやかな色の美しい薔薇《ばら》に蘭《らん》。白いカラーにかすみ草に、造花のようなブルースター。優しげなレースフラワーにトルコ桔梗《ききょう》。梅雨時なので、当然のように紫陽花《あじさい》もあります。季節を少しばかり先取りして、向日葵《ひまわり》や姫向日葵も入ってきています。

色とりどりの花たちはいつもならほどよく冷たい澄《す》んだ空気の中で、まどろんだりうたったりしています。高原の避暑地にでもいるかのように。そうして穏やかな時間を過ごしながら、誰か大切なひとに贈られるための、美しい花束にされる時間を待つのです。

なのに今日は、手を差し入れるとぬるくさえ感じる空気の中で、花たちはみな、若干くたびれた感じに花弁を開いたり葉を広げたりしています。

木太郎さんは、大きな窓越しの空を見上げました。梅雨時の銀色の雲が遠ざかれば、じきに夏がやってきます。

「夏前に修理しないとえらいことだな」

もう一度ため息をつきます。気が重くなりました。ものがものだけに、そう簡単に直せるとは思えませんでした。

このショーケースはその昔、遠い街の、花屋さんの冷蔵庫を専門に作る会社に頼んで、特注で作って貰ったもの。小さな会社のようでしたが、気持ちの良い社員さんたちが、こちらの希望を細かく訊いて、丁寧に美しい冷蔵庫を作り、設置してくれたのでした。工事が終わって、新品のショーケースに初めてスイッチを入れた、あれもたしか、夏の前のいまくらいの時期、暑い日でした。その会社の営業のひとが、背広をきちんと着て来ていました。額の汗をぬぐいながら、嬉しそうに笑った、その表情がいまも思い出せます。

その会社は、当時、若き日の木太郎さんをかわいがってくれていた、他の生花店の店長さんに紹介されて知った会社でしたが、その店長さんはもう存命ではありません。

何しろあれは、木太郎さんが、いまは亡き奥さんの琴絵《ことえ》さんと結婚したとき、その記念のような気持ちで、かなり奮発した金額で発注したものでした。——ということは、実に五十年くらいも昔のことになります。

気合いを入れてそこそこの金額をかけて作ったのがよかったのか、その後、ショーケースは、今日まで一度も故障することはありませんでした。なので、先方の会社とも時が経つごとに挨拶する機会もなくなっていて。そういえば、年賀状もいつからか来なくなっていたような。

「まいったな。会社はまだ続いてるのかな」

修理を頼むなら、やはり、これを作ってくれた会社にお願いしたい。——けれど。

千草苑や、周りにあるこの町の商店街の老舗の店々のように、戦前から続いているのが当たり前の日々を送っていると、つい時の流れの速さを忘れがちですが、五十数年というのは、そういう危険のある年月でした。

幸い、会社が続いてくれているとしても、大昔に作った冷蔵庫の故障を直すための技術は、いまもその会社に受け継がれているのでしょうか。そのための部品の数々がいまも手に入るものなのかどうか。

「ええと、電話番号は……」

たしかケースに番号が記載されたシールが貼ってあったような、と身を屈めて確認しました。が、ボールペンで書かれたらしい字が薄れて読めません。何とか会社の名前らしき文字だけは読み取れました。

その会社の名前を元に、店の電話からNTTに電話をかけて、電話番号を教えて貰うことにしました。――が。

「そんな名前の会社はない……?」

電話の向こうで、オペレーターさんが申し訳なさそうに、はい、と答えました。

「さて、どうしたものか……」

ふう、と本日三度目のため息をついたとき、いつからそこにいたものか、孫娘のりら子が、

「ネットなら見つかるかもよ」

丸テーブルの前の椅子に腰をかけると、そこにある店のノートパソコンを開いて、さらりとキーボードに指を走らせました。

エプロン姿が板についたこの孫娘は、成績優秀な高校生だったのに、受験の時期にひどく体調を崩し、希望の大学に進むことができませんでした。念のためにと受けていた他の大学には受かっていたのですが、何を思ったのでしょう、そちらには進学しないといい、さりとて浪人して志望校への合格を目指すのかというとそうでもないという。「ごめん、しばらくうちで、この先のことを考えつつ、バイトとかしててもいいかな?」と、明るく

笑うので、木太郎さんも、そして彼女の父親である草太郎《そうたろう》さんもそれを許しました。

いずれなにがしかの考えがまとまれば、その結論を、この家のおとなたちに話してくれるでしょう。そして導き出したその結論は、たとえ彼女ひとりで決めたことだとしても、まず危なげないものだろうと、家族みんなが信じていました。おそらくは天上にいる彼女の祖母や、彼女が幼い頃に亡くなった母親も。

それだけ聡《さと》い少女なのです。

もともと繁忙期《はんぼうき》やお小遣いが足りないときには、積極的に店を手伝ってくれていたりら子でした。一日店にいてくれるようになって以来、千草苑も、そして彼女の姉茉莉亜《まりあ》が切り盛りしているカフェ千草《ちぐさ》も、正直助かっていました。りら子もそんな日々が楽しいようで、いつも笑顔が頼もしく――でも、夕暮れ時、街に夜が近づく頃合いや、閉店後、明かりを落とした店内を片付ける静かな時間になると、たまに物思うような表情になっていることを、木太郎さんもそして他の家族たちも、気がかりに思ってはいるのでした。

「見つけたよ、おじいちゃん」

やがて、りら子は得意げに顔を上げました。

「ええとね、その会社、いまからちょうど二十年前に当時入っていたビルの建て替え工事があって、それを機に移転、ついでに会社の名前も変えたみたい。従業員の数も多い、大きな会社になってるよ。いまもお花屋さん相手の仕事がメインみたい。ブログもサイトも、お花とお花屋さんの写真がたくさんだよ。広報のひとが事務所にいる猫の視点で書いたブログがかわいいの」

ふふ、とりら子は笑いました。

「どうする、おじいちゃん。ショーケースのこと、問い合わせてみる？　この会社、Twitterアカウントもあるから、すぐに訊けるし、返事もくると思うよ？」

「ああ、じゃあ任せるよ」

木太郎さんはうなずきました。インターネットのことはよくわかりません。りら子や、その父親の草太郎さんが各種デジタルガジェット類を使いこなし、あたかもそれが世間を渡るために必要な友人か魔法の武器であるように軽々と使いこなす様子に見とれつつも、自分自身は、もうついていけないなと諦めていました。

若い頃、木太郎さんは、世界を旅して珍しい花を追い求める、プラントハンターでした。未知の場所へと誰もあてにならない旅をよくしたので（当時は、俺の職業は冒険家だ、なんてうそぶいていたものです）、好奇心も旺盛だし、たいていの道具は器用に使いこなします。フィルムカメラを扱うのは得意ですし、一時期はステレオに凝ったりもしました。

が。ある時期から、今風の機械についていけなくなったのです。

(俺は、ワープロ専用機の段階で、挫折してしまったからなあ)

頬を指先でかきました。キーボード、というものに慣れることがどうしてもできませんでした。キーの配列を覚えるのがめんどくさい。そしてそのほかにも、あれやこれや覚えなくては使いこなせないもののようで。一応は買い求めた勉強のための本や雑誌を読むのは、途中で飽きました。

ああめんどくさい。俺はせっかちだからいけない。いや、新しいことを面倒だと感じる、これが老いというものなのかなあ、と、本日四度目のため息を浅くつき、ふと、

(といっても、琴絵なら、パソコンくらい余裕で使えたのかも知れないが)

先年に亡くした妻のことを思いました。記憶の中の妻は、銀色になった髪を綺麗にまとめ、赤く細い縁の眼鏡の奥の優しい瞳で微笑んでいます。若い頃から物静かで、おっとりとした女性でしたが、器用な上に、努力と勉強が何よりも好きで、一度興味を持ったものはこつこつと飽きずに学んで、いつの間にか、覚えてしまうひとでした。

ワープロ専用機も、家庭用の機種が出てすぐくらいの時期に、新しもの好きの木太郎さんが家に持ち込んだあと、そう経たないうちに、使い方をマスターしてしまいました。そう、買ってきた木太郎さん本人は、面倒になって早々と投げてしまったのに、琴絵さんは

いつの間にやら、葉書の印刷に店のチラシにポスター辺りを難なく印刷できるようになっていました。そのうちにそのワープロで日記をつけるようになり、家計簿もつけ、店の売り上げをグラフで書いてくれるようにもなったのです。

と、ここまで考えて、木太郎さんは思いました。息子の草太郎さんや、孫のりら子が器用に機械類を使いこなすのは、琴絵の血を引いているからなのかも知れない、と。

（琴絵は賢かったものなあ。昔からの立派な古本屋の娘だけに、いつも本を読んでいたし）

そもそもあの親子、そしてりら子の姉の茉莉亜が長身で彫りが深い顔立ちなのも、琴絵の血を受け継いでいるからなのかも知れません。木太郎さんは、いってはなんですが、少しばかり胴体が長くて足が短い方なのです。

木太郎さんは、若い日に、彼女に会うために古書店を訪ねた時の記憶を思い出します。三階建てで煉瓦造りのほっそりとしたビルの、その一階のレジに、彼女はいつもいて、店のガラス窓やガラスの扉越しに、その姿が見えていました。その古書店は、美術書や写真集、古い地図や絵はがきをメインに扱う、静かな店で、琴絵さんは店番をしながら、編み物をしたり、本を読んだりしていました。伏し目がちの知的な瞳は品が良く、けれどいつも楽しそうで、そしていつも謎めいて見えました。黒々とした眉と瞳の、長い睫毛の、そのまなざしは、銀幕の中のオードリー・ヘップバーンに似て見えました。

木太郎さんよりも年上で、とても賢くていろんなことを知っているのに、驚くほど内気な性格で、すぐに頬を赤らめる。木太郎さんと並んで歩くときは、自分が背が高いのを気にして、ついつい猫背になる――そんな様子が、美しい菫《すみれ》の花のようでした。

独身時代、木太郎さんは、菫の花のようなひとに恋したいと憧れていました。よく店に花を買いに来てくれた琴絵さんと会話するうち、そのまなざしに出会うたびに、ああこれが自分が求めていたひとだったのだと気づき、そして友人となり恋人となり、ついには指輪を贈って、千草苑に迎えたのでした。

実は自分の方が先に木太郎さんを好きになっていて、「ぞっこん」だったんですよ、と、目を伏せ、頬を赤らめて語ってくれた、そのときの琴絵さんの表情が、木太郎さんはいまも忘れられません。言い終わってから、白い綺麗な手で自分の火照る頬をはさむようにして押さえた、その仕草の愛らしさも。

りら子のおかげで、その会社とは連絡が取れました。五十数年も昔に作って設置したショーケースが、いまも大切に扱われ、現役で使われていたこと、連絡してくれたことに、その会社のひとびとは感激してくれ、大丈夫、修理できます、いやさせていただきます、と半分泣いたような声で、電話をかけてきてくれました。シンプルな構造のものだったそうで、ついでといってはなんですが、いまどきの省エネタイプのものに内部を作り替える工事もできますよというので、この際だからとお願いすることにしました。

ただ、それには部品を取り寄せる時間も必要ということで、

「二週間くらいも、花屋は休まなくてはいけなくなりそうなんだよねえ。まあその間、冷蔵庫のいらない、鉢花だけを売っていてもいいんだが、花束を作れない花屋なんて、開けていてもつまらないだろう」

木太郎さんは、その夜、ダイニングキッチンで、たっぷりとコーヒーを入れながら、息子の草太郎さんにいいました。草太郎さんは、勤め先の植物園で今日は遅くまで仕事があって、いま帰ってきたところでした。

「早めの夏休みってことで、たまに休むのもいいんじゃないですか?」

草太郎さんは、タブレットが一枚にノートパソコンが入った、重そうな鞄《かばん》を椅子に置き、自分のぶんのコーヒーカップを食器棚から出しながら、よく通る声でいいました。

「父さん、長いことお休みとってなかったでしょう。どうです、どこか旅行にでも行くとか。足を延ばして、遠くへでも」

丸い眼鏡の奥の瞳は澄んでいて、高い鼻もしっかりした口元もどこか映画俳優のよう。

長い腕にも少し巻いた髪にも、琴絵さんの面影がありました。

「旅行ねえ」

「湯治とか。それにはもう暑いかなあ」

なまものが相手の仕事でしたし、一家で一番の年長者として、家を空けられないような気持ちもあって、長く留守にしたことはほとんどありませんでした。

そもそも、若い頃、職業柄、世界中ありとあらゆるところを旅行していたので、今更もう見に行くところなんてないよ、と斜に構えてこの街にずっといた、というところもあります。そういいつつ実は、旅先でひどい怪我をしたせいで無理が利かなくなり、冒険暮らしを断念した、その無念を忘れようとしてのこと、強がりだったのだと自分でもわかっていました。

（でもなあ）

台所の窓のレースのカーテン越しに、夜のとっぷり暮れた外を見つめます。

（もう空は遠くなってしまったから）

年をとるということは、地面に近くなるということかも知れない、と、以前から木太郎さんは思っていました。疲れやすくなる。すぐに眠たくなる。眠りも深くなる。まるでからだが土に溶け込みたいといっているように。

そんなからだでは、街を歩いていて、上空に飛行機を見つけたときも、「ああいいなあ、行っておいで。良い旅を」と、呟くことはあるとしても、もはや、あれにのってどこかへ行こうと思うこともなくなっていたのです。

（まあしかし、店が開けられないのに家にいてもなあ）

湯気《ゆげ》を立てるコーヒーを息子と一緒に飲むうちに、ふと、思いました。

（南九州に行ってみるかな）

長い睫毛を伏せてコーヒーを飲む丈高い息子の表情に、亡き妻がコーヒーを飲むときの面影を重ねたからかも知れません。

遠い日、新婚旅行で訪ねた南九州、海辺の街を訪れてみようかと思ったのです。あの日とは違って、ひとりきりの旅になってしまいますが、思い出と二人連れの旅というのも、なかなかおつなものかも知れません。

（カメラを持っていこうかな）

新婚旅行の時に持参した黒く大きなカメラは、冷蔵庫と同じで手入れを欠かさなかったので、いまも綺麗に写ります。

（ストラップはさすがに古びたから、それだけ新調していくかな。帽子も新しいのを買おうかな）

そんなふうに考えると、楽しくなってきました。

琴絵さんがいまも生きていたなら良かったのにな、と思いました。いつも店が忙しく、ゆったりとした時間を持つこともできない日々でした。それでも彼女はいつも穏やかな笑顔で、実際亡くなるときも、笑顔でありがとう、とだけ繰り返して逝ったのでした。悪い病気が静かに進んでいて、みつかったときは手遅れで、どんなに心残りだろうと木太郎さんは苦しんだのですが、琴絵さん本人は悲しいとも無念だともいわず、家族ひとりひとりに、じゃあね、また会いましょう、幸せに、と別れを告げて天に召されていったのでした。

木太郎さんは、植物と語らうことができる花咲家の力故、不思議な経験を積んできた機会も多かった故に、神も魂の存在も信じています。

なので、琴絵さんが戻ってくることを密かに待っていたりもしたのですが、微笑んだまま亡くなった、その表情がすべてだったように、琴絵さんはこの世に帰ってくることはありませんでした。

つれないなあ、と、残念に思い、苦笑してしまうほどに。

(俺は、ずっとさみしかったんだぞ)

(ずうっと)

(ずうっと)

この家で妻を看取ってから、十数年。淡々と日々を暮らし、楽しく生きてはいますけれど、悲しさと寂しさは、いまも、心の奥に氷の欠片のように残っています。いままでそばにあった大切な存在が乱暴にもぎとられた、その苦しみも哀しみも、時が経ったからといって、忘れられるものではないのです。

あの思い出の海辺の観光地に行けば、亡き妻の面影を街のあちこちに見いだすことができるでしょうか。南国の日差しの中に笑顔が見え、吹きすぎる潮の香りの風の中に、かわいらしい笑い声を聴くことができるでしょうか。

輝く海に向かって目を閉じて立てば、降りそそぐ日のぬくもりの中に、亡き妻の肌のぬくもりと脈打つ鼓動を思い出すことができるでしょうか。

数日後、よく晴れた日曜日の朝に、木太郎さんは旅立ちました。

お気に入りの薄茶色の麻の上着を着て、あわせて新調した麻の帽子を頭にのせて。よく磨いた茶色い靴に、久しぶりの四角いトランク。トランクは若い頃に背伸びして買ったブランドものなので、あちこち傷や汚れはあるものの、まだ十分に使えました。ともに船に乗り、飛行機に乗り、外国の言葉の通じない街の駅のホームで、椅子代わりに腰を下ろしたりもした旅の友でした。そう、新婚旅行の時も、このトランクを持っていったのです。

といっても、いまの木太郎さんが取っ手を持とうとしても、昔のように軽やかには持てません。しかしどうしてもこのトランクで旅に出たい。よいしょ、と、手に力を入れようとすると、横からすっと手が伸びて、

「ぼく、持ってあげるよ」

孫の桂《けい》が、両手で大事そうに持って、店の方へと向かいます。

店の前に、そろそろタクシーが来る頃でした。駅まではそれで行って、電車を乗り継ぎ、大きな空港から飛行機で行くつもりでした。

新しいエプロンがよく似合うこの子は、草太郎さんの三人の子どものうち末っ子で、いま中学生。——といっても、小柄なのと目が大きく愛らしい顔だちのせいで、小学生といわれればそう見えてしまいそうでした。週末や店が忙しいときには、エプロン姿で店を手伝うことも多く、花の世話も、カフェの手伝いも器用にこなすようになりました。小さな頃は内気でおとなしかったのですが、ここ数年で見違えるほど、明るくはきはきとした少年になりました。

その足下には尾の長い雌の白猫が、優雅な足取りで付き従います。名は小雪《こゆき》。子猫の時に桂にすくわれたことに恩義を感じているのか、常に桂のそばにいて、澄んだ金色の目で、まるで王子様を見るようなまなざしで、彼のことを見つめているのでした。とても賢くて、

人間の言葉は何でもわかっているのじゃないかと家族みんなで話すような猫でした。そういうと、小雪は謎めいた猫特有の笑顔で、目を細め、髭をあげて、にっこりと笑うのですけれど。

三人きょうだいの長女の茉莉亜が、カフェの開店の準備の手を止めて、申し訳なさそうな表情で振り返りました。

「ごめんなさいね、おじいちゃん。わたしが、うちの車で空港まで送ってあげられたらよかったんだけど」

「何をいうんだ。おまえが店を空けたら、お客さんたちががっかりするじゃないか。お土産にいい塩でも買ってくるから、楽しみにしていなさい」

茉莉亜は街で評判の美女で、花屋の千草苑の看板娘であり、カフェ千草のオーナーでもあります。店内にあるFM局のサテライトスタジオで週に二回、夕方の人気番組のパーソナリティを務める、街のアイドルでもあります。美しい声とふんわりとした笑顔のせいで、「風早の聖母」などというニックネームを持ってはいますが、ホラー映画鑑賞が趣味だったりして、若干その思考に底知れない要素を持つ娘ではあるのでした。

「お、父さん、出かけるかい？」

階段を降りる音がして、自分の部屋から、大きな鞄を抱えた草太郎さんが小走りにやってきました。勤め先が植物園なので、今日もじきに出勤です。

「もう、父さん、寝癖が」

そのうしろから、階段を駆け下りてきたりら子が呆れたように声をかけると、父親の頭を逆さまになで上げました。

「ありがとう。いやあ、優しい娘を持って良かったですよ。パパ感激」

草太郎さんが腕に顔を伏せて泣き真似をすると、りら子はむっとした顔をしてその背中を叩きながら、みんなの前に出ました。笑顔で、

「おじいちゃん、行ってらっしゃい」

「行ってらっしゃい」

「良い旅を」

「にゃあん」

猫の小雪にまで見送られて、木太郎さんは帽子をちょいと持ち上げると、「行ってきます」と、店の大きなガラス戸を開けました。

朝の光が降りそそぎ、澄んだ風が吹きすぎます。少し冷たい空気を胸一杯に吸い込んだとき、通りの向こうからタクシーが走ってくるのが見えました。

乗り込んで、車内から振り返ると、店の前に出てきてくれた家族たちが、みんな笑顔で

こちらに手を振ってくれていました。

店を包む木々や草花が、花咲家の人々にしか聞こえないだろう愛らしい声で、口々に、行ってらっしゃい、おじいちゃん、気をつけて、と、木霊のようにあちこちでささやきうたう、そんな声がさざ波の音のように、かすかに聞こえ、やがて、遠ざかってゆきました。

飛行機の中で、どこまでも続く輝く雲海を見ているうちに、いつしか眠気が差してうとうととしていました。気がつくと、木太郎さんの席の隣、窓際の席に、髪の長い若い娘がいて、窓の外を一心に見つめています。

おや、隣の席は空いていたような、と、木太郎さんは訝《いぶか》しく思いました。客室乗務員さんに、誰も来ないようですから、窓側の席へどうぞ、と親切に勧められ、いや通路側が乗り慣れておりますので、と、断ったのですから確かです。

若い頃、飛行機には何度も乗りました。少しでも早く降りて、旅先で活動する時間を長く使うために、座席は前方通路側、と決めていました。なので久しぶりの空の旅の今回も、迷いもなく通路側を予約していたのでした。

ふと、隣の席の娘がこちらを向きました。

眼鏡の奥の黒い瞳は、琴絵さんのものでした。そのひとは頬を薄赤く火照らせて、小さな声で、窓の外に見える景色のことを、夢中な様子で、木太郎さんに話しました。

(ああ、飛行機は初めてだといっていたなあ)

木太郎さんはまばたきを繰り返し、そうだ、自分は何を勘違いしていたんだろう、琴絵は死んでなんかいなかった、まだ若い娘で、自分もまだ若く、年寄りなんかじゃなかったのだ、と、嬉しく思ったのでした。だってこの旅は新婚旅行です。

琴絵さんは、嬉しそうに笑っています。目が窓の外の光を映して、きらきらと輝いています。その微笑みと瞳の光に、木太郎さんは、見とれました。

そう、琴絵さんはいつもこんな風に、いろんなものをきらきらした瞳で見つめるお嬢さんでした。まるでお忍びの小さな冒険に出かけたお姫様が、世界中の美しいものと出会い、出会ったもののひとつひとつに見とれるように、いつも瞳を輝かせていたのです。

内気で少しばかり怖がりだったということ、子どもの頃あまり丈夫でなかったということ、何より古書店の店番の仕事が大好きだったということ、と、三つの理由があって、彼女は店の定位置から離れることがほとんどなかったようでした。そんな彼女のことを、店にあった緑の数々は愛し、そっと、『姫君』『お姫様』と敬うように呼んでいました。大きな椰子《やし》の木や、がじゅまるや、店の外の壁を覆う古い蔦《つた》たちがうたっていたのです。普通の人間である彼女には聞こえない声で。小さい頃からこの店に出入りして、店と本を愛し、自分たち緑にも語りかけ、小さなかわいい手で葉を撫で、水や栄養をくれる彼女のことを、植物たちは、我が子を見守るような気持ちで、愛し慈しんでいたのでした。

木太郎さんが連れ出すようになり、木太郎さんを訪ねてくるようになり、そうして彼女は、少しずつ外の世界を歩くようになったのです。

木太郎さんと一緒に街を歩くとき、琴絵さんは、ときどき迷子のようなまなざしになったりしました。冒険者のような元気な足取りになったりもしました。それがどこか、『ローマの休日』のアン王女のようで。目を輝かせて、綺麗なものやかわいいものを探している、その様子も、アン王女のようで。

そう、アン王女のようだ、と思ったとき、そのときにはすでに木太郎さんは、恋に落ちていたのでした。

がたん、と揺れて目が覚めました。

木太郎さんは目を開き、窓側の席を見ました。

南国の光が照らすその席には誰の姿もなく、木太郎さんは薄く微笑むと、自分が夢を見ていたのだということを噛みしめたのでした。

「姫君を迎えるように、想いを告げて、嫁いできて貰ったんだよなあ」

降り立った空港の回転台でトランクが回ってくるのを待ちながら、木太郎さんは呟きました。贈った指輪は青いガーネット。若い頃に、異国の街の市場で出会った、とっておきの美しい品でした。いまはその指輪は形見として、茉莉亜が大事に持っています。

指輪が輝く白い指になるべく仕事をさせたくなかったけれど、花屋の仕事は水仕事と力仕事になることが多くて。一見綺麗な仕事に見える花束を作るときも、白い指を薔薇のとげで刺したり、あくで指先が汚れたりと、見ていて気の毒なことばかりで。つい、ごめんな、と、木太郎さんが頭を下げると、琴絵さんは朗《ほが》らかな笑顔で、どうして、何を謝るの、と首をかしげるのでした。

育った家で緑に好かれた娘は、嫁ぎ先でも植物に愛されて、店の花々にも、庭に咲く花や木々にもその幸せを祈られ、いつも愛らしい声の祝福の歌声に包まれていたのでした。

普通の人間の耳には聞こえない、小さな歌声を、琴絵さんは自分も聴きたい、聴こえればいいのに、と、両耳に手のひらを寄せ目を閉じて、いつも聴こうとしていたものでした。

花咲家の不思議な血に憧れた彼女は、年老い、病んで世を去るときに、最後の最後に、目を閉じたまま、ふうわりと幸せそうに笑っていったのです。

「いま、たしかに聞こえたの」と。

「怖くないですよ、大丈夫ですよ、って、百合の花がいってくれました。お花は、優しいのねえ」

枕元には、美しいカサブランカが咲いていました。うつむいて、静かに香りを放ちながら。琴絵さんの大好きな花、彼女がその手で、庭に大事に育てていた花の一輪でした。優しい香りに包まれて、彼女の魂は旅立っていったのです。

彼女とのお別れの式には、街の人々がたくさん訪れました。式の後も、店を訪ね、仏壇に手を合わせに来るひとびとが絶えませんでした。

正直な話、彼女はけっして華やかな人物ではなく、お店を訪れるお客様ともそう会話が弾むようにも見えていませんでした。町内や商店街のひとびととも、そつなくつきあっているようではあっても、人気者のようには見えませんでした。いつも彼女はそこにいるだけ、そっと優しく微笑んで、花束を作り、鉢花を選んでいるだけのように見えていたのです。少なくとも、木太郎さんはそう思っていたのです。

でも、違いました。花咲琴絵、という人物は、たくさんのひとびとからかけがえのないひととして、深く愛されていたのでした。

「俺だけの菫の花じゃあなかったんだよな」

ワーズワースの菫の花の詩を、木太郎さんは若い頃から好いていました。ひっそりと生き、そして死んだ女性を美しく可憐な一輪の菫の花にたとえた詩。

She Dwelt among the Untrodden Ways

She dwelt among the untrodden ways
　Beside the springs of Dove,
A Maid whom there were none to praise
　And very few to love.

A violet by a mossy stone
　Half hidden from the eye !
— Fair as a star, when only one
　Is shining in the sky.

She lived unknown, and few could know
　When Lucy ceased to be ;

But she is in her grave, and, oh,
The difference to me !

「だけど、菫の花はみんなに愛されてたんだよなあ」

静かに、ひっそりとそこにいて、いつの間にかみんなの記憶に残っている。

野の花のような。菫の花のような。

いつもひとのそばにいて、春の訪れを告げ、けれど身を屈め、目をとめてつくづく見ると、恥ずかしげにうつむいた花びらのその色合いは姫君のように美しく、香りはとても高貴な菫の花。

琴絵さんは、そんな女性で、そういう生涯を送ったのでした。

南九州の海辺の街は、あの頃の記憶と同じに、街路樹が椰子の木。ふさふさとした葉が、風に吹かれて揺れていました。お帰りなさい、というように。

けれど、宿のある街は寂《さび》れていました。

海辺の商店街。あの日に、ふたりで一軒一軒端から端までのぞいた、同じような造りの店が並ぶ商店街は、ほとんどがシャッターが下りていたり、窓が埃で汚れていたり。日曜日なのに、人通りもほとんどありません。初夏の日差しの中、乾いた砂を巻き込んだ風だけが、時折通り過ぎていきました。

帽子を押さえながら、トランクを提《さ》げて歩いているうちに、暑さのせいなのか、それとも砂埃のせいなのか、ひどくのどが渇いてきました。

予約した宿は、あの日も泊まった宿。商店街の中にある、古い小さな旅館でした。一階、フロントの横にある喫茶店もまだ営業していて、木太郎さんは、フロントに行く前に、そちらによることにしました。そう、昔もそうしたのです。

皺《しわ》の中に目鼻が埋もれたような、年齢のわからない小さなおばあさんが、カウンターの中にいました。あの日もこのおばあさんがそこにいたような気もしますが、まさかそれはありえないので、きっとそのひとの親戚かなにかなのでしょう。カウンターでは、里芋と薩摩芋の切れ端が灰皿に入れられて、水栽培されていて、緑色の蔓と葉が眠たげに、とりとめのない歌をうたっていました。

近くの街にある窯元の器なのか、不格好な味のあるかたちのコーヒー茶碗に、同じく近くの街の織物のコースターの上に載せて、良い香りのコーヒーが供されました。黒々としたコーヒーの色と、手に載せた温かさに、木太郎さんはふう、とため息をつきました。あの日と同じで、少しだけ違うのは、コーヒー茶碗に欠けたところがあるのと、コースターが古びているところでした。

（年月が経っちまったんだなあ）

店内にある鏡に、ちょうど自分の姿が映っています。それに気づき、でも木太郎さんはよく見ようとはせずに、目をそらしました。

コーヒー茶碗を持つ自分の手だって、肌が色褪《いろあ》せて、しみと皺だらけです。

（さみしいなあ）

こなければよかったかも、と少しだけ思い、残ったコーヒーを飲み干して、お勘定をしました。

年をとるとは、失い、そぎ落とされ、色褪せていくものなんだな、と思いました。そんなこと気づいてはいましたが、突きつけられるためにここへきたようだと思ったのです。

通された部屋は、三階（この小さな旅館では一番上の階でした）、角の部屋で、二つの大きな窓があり、開け放つと風が通り過ぎました。そしてそのどちらの窓からも、海が近くに見えたのです。

それは、遠いあの日と同じ、静かな優しい海でした。

木太郎さんは、帽子を脱ぎ、解放されたような思いで、海を見ました。鼻孔《びこう》を潮の匂いがくすぐります。鳶《とんび》が輪を描いて、空を舞っていました。目を閉じて風に吹かれていると、自分も鳥になって空を飛んでいるようでした。

昔もこんな風に、風の匂いを嗅いだなあ、と切なく思い出します。あの時は、琴絵さんが横にいて、一緒に海に見とれていたのですが。

海辺の街で育った二人ですけれど、南国の海は、自分たちの知っている海とはどこか違っていました。色彩が違うのか、潮騒《しおさい》の音が違うのか。明るく、おおらかに見えました。謎めいても見えました。

「こちらでは、海の彼方に浄土があるというのだったかな」

九州、沖縄の方では、海の向こう、日が沈む方に、魂が帰る国があると、そんな言い伝えがあると聞いたような気がします。

木太郎さんは、目を開けました。

夕暮れ時にはまだ早いけれど、そろそろ傾いてきた色合いの太陽に照らされて、海は輝きを放っていました。

尽きず押し寄せる、あの波の向こうに、琴絵さんの魂の眠る場所はあるのでしょうか。

夕ご飯にはまだ時間があるようだったので、木太郎さんはカメラを肩から提げて、外に出ました。あまり散歩をする気分にはなれませんでしたが、部屋にひとりでいるのも気詰まりですし、この重いカメラを持ってきたからには、写さないのももったいないような気がしたのです。

おそらくは自分はもう二度とこの街には来ないだろうと思いましたけれど、だからこそ、最後に写真に残しておくのもいいかもな、と思ったのです。

街角の写真を撮り、空や路地の写真を撮り。

ファインダーをのぞき、フィルムを巻き上げているうちに、少しずつ気分が晴れてきました。ファインダー越しに見る四角い景色は、あの日と同じ懐《なつ》かしいもので、自分の手の皺さえ見なければ、懐かしい時間に戻ってきたような、あの日の思い出の中に入り込んだような気もしなくはなかったのです。

日が傾いてきた商店街には、ひとの気配も復活してきていて、木太郎さんは、旅先の街のことながら、ほっとして胸をなで下ろしました。

路地を歩き、あちこち歩き。そのうちに、海に近づきました。

そう、あの日も、こんな風に、写真を撮りながらぶらぶら歩いているうちに、気がつくと、目の前が開け、そこに昼下がりの日差しの中、海が光っていたのでした。

違うのは、傍らに琴絵さんがいない、写す写真の中に、彼女の笑顔がない、ということでした。

海は凪いでいて、浜辺には緩やかに波が打ち寄せていました。海のそばには、まるで砂浜を飾るように、うねうねと蔓が這い、葉を広げ、薄紫色の小さな花が、いくつも開いていました。浜昼顔です。

浜昼顔たちは、楽しげに花首をもたげ、笑いました。

お帰りなさい、帰ってきたのね、といいました。

あの日、琴絵さんはつば広の帽子を風に飛ばさないように押さえ、ワンピースの裾を気にしながら、わあかわいい、と、花のそばにしゃがみ込みました。小さな花を手のひらに載せて、木太郎さんを振り返ったのでした。

「ねえ、いまこのお花、なんていっているの？」

木太郎さんは、その様子を一枚写真に撮った後、自分もそのそばに腰を下ろして、笑いました。

「『かわいい』っていってるよ。『かわいいお嬢さんだね』って」

「え」

琴絵さんは、照れくさそうに笑いました。

「それとね、『お幸せに』って」

ずっとずっとお幸せに、と、浜昼顔たちはささやき交わし、うたっていました。

『海の波が繰り返し寄せてくるように、わたしたちの蔓が、するすると永遠に伸びるように、幸せそうなひとの子も、ずっとずっと幸せにね』

潮騒の音に混じって、静かで楽しげな歌声は、響き渡っていたのです。

琴絵さんは、静かに立ち上がると、目元に浮かんだ涙を拭い、ありがとう、といいました。浜昼顔たちに向かって、

「ずっとふたりで幸せに生きていきますね」

嬉しそうに、浜昼顔たちは笑いました。

『ずっと、ずっとね』

『きっとね』と。

打ち寄せる波は、白い泡をゆるゆるとふところに抱いています。

それは琴絵さんがよく編んでいた、レースのようでした。

彼女は編み物が好きでした。

目を閉じて砂の上に座り、波の音を聞いていると、時が経ったことが嘘のように思えました。

まぶたのうらに感じるあたたかさと明るさに、たそがれが近い太陽の光を感じます。背中に降りそそぐ日差しの心地よい暑さは、あたたかな腕に包まれているような、優しく柔らかな暖かさで。

(うたたねをしていると、背中にカーディガンをかけてくれたなあ)

琴絵さんは一年中何かを編んでいました。居間で、店で、みんなのそばでそっとうつむき、家族の話を聞きながら。口元に微笑みを浮かべて。

秋と冬にはセーターを編み、マフラーを靴下を。

春と夏には光を編み込んだような、レースを編みました。コースターにテーブルクロス、電気スタンドのカバー。部屋を光の網で包み込もうとするように、美しい細工を編み、作ったのです。

ひとり息子の草太郎さんが最愛のひと優音《ゆの》さんと結婚式を挙げたときには、きらきら光るビーズを編み込んで、長い長い、花嫁のベールを編みました。やがて生まれた孫たちには靴下に帽子。お揃いのケープやマントも編みました。

祝福の言葉が編み込まれているような、幸せに、という言葉が浮かび上がって見えるような、美しいものをいくつもこしらえたのです。

家族にだけではなく、街の友人たちにも、お客様にも、とちょいちょい美しいものを編んでいました。年老いてからもそれは続き、たまに目元を揉《も》んだりして、辛そうに見えたときもあったので、木太郎さんは訊ねたことがあります。

「きついんなら、大概にしてやめた方がいいんじゃ」

琴絵さんは、微笑んで、首を横に振りました。

「わたしは、これが好きなんです」

そして、詩のような言葉を続けたのです。

「わたしは幸せを編んでいるの。風や光や、空気や思い出を編んでいるのよ」

「へえ」

年老いても変わらない、謎めいた瞳の表情で、いいました。

「実はね、編み棒や毛糸やレースを持っていないときも編んでいるの」

「君は全く、不思議なことをいうなあ」

木太郎さんがいうと、琴絵さんは楽しそうに笑いました。そして、編み物の続きを始めたのです。

すぐそばにいる妻なのに、不思議な宇宙がそこにあるような気がしたのを、木太郎さんは覚えています。

「思い出を編んでいるのよ、か」

琴絵さんは、やがて風が吹きすぎるように、亡くなっていきましたけれど、みんなの記憶の中に残っています。いまも。彼女がそこにいた記憶が、みんなと街の記憶に残っているのです。

まるで時間と空間の中に、永遠に編み込まれているように。

『わたしは幸せを編んでいるの。風や光や、空気や思い出を編んでいるのよ』

「琴絵……」

木太郎さんは自分の膝に顔を伏せました。

深く皺の刻まれた顔に、涙を流しました。

ひとりきりの海辺で嗚咽《おえつ》を漏らし、泣きました。

あの日、ふたりで並んで海を見たのでした。浜昼顔たちのうたう声を聴きながら。

どちらからともなく手を取り合い、

（ああずっと一緒に生きていくんだな）

と、思ったのでした。

ずうっと一緒にいられるものだと思っていたのでした。

(そんなの無理だって、頭じゃわかっていたのにね)

日常は断ち切られ、突然に終わる。

どんなに幸せでも。

わかっていても、何度もその経験があっても、いつだって別れは突然で、慣れることはないのでした。

木太郎さんは、泣きました。声を上げて、泣きました。

思えば、長い年月の間、こんな風に泣いたことはなかったような気がしました。木太郎さんは、古い時代に生き、おとなになった男でした。一家の長でもありました。息子夫婦や孫たちの前で泣きじゃくり、弱った姿を見せることには抵抗がありました。

いま、あの日と同じ塩辛い風に吹かれながら、木太郎さんは若者のように、泣きじゃくったのです。

気がつくと、空は黄昏《たそが》れて、空気は金色に染まっていました。

波も同じ色に輝きながら、静かに寄せてきています。満潮になるのです。

そろそろ立ち上がり、宿に帰らないといけません。

木太郎さんは微笑むと、涙を拭いました。たくさん泣いたので、疲れでからだが重くなっていました。でもその代わりのように心は少しだけ軽く、おなかも空いてきていたのです。

「きっと晩ご飯がうまいな」

昔は、あの旅館の食事は美味しかった記憶があります。今夜もきっと。

立ち上がろうとしたとき、隣から、声がしました。

『お帰りなさい』

ぎょっとして声のしたほうを見ました。

金色の空気に染まってそこにいたのは、琴絵さんでした。

あの日と同じ、つば広の帽子をかぶり、ワンピースを着た琴絵さんが、微笑んで、浜辺に座っていたのです。

いいえ、よく見るとそれは、ひとではありませんでした。

浜昼顔の長い蔓と葉と花が、若い娘の、あの日の琴絵さんの姿を、見事に編み上げたものだったのです。

「そうか、覚えていてくれたんだな」

あの日の、一度きりしかこなかった若い娘の姿を。

かわいい、といい、幸せを祈ってくれた若い妻の姿を。

『幸せに』

妻の姿をしたものは、いいました。

『ずっと幸せにね』

「ありがとう」

木太郎さんは、帽子を脱いで、浜昼顔にお礼をいいました。

そして立ち上がり、宿の方へと帰って行きました。

海から遠ざかりながら振り返ると、妻の形をしたものも、緩くその場に立ち上がっていて、こちらを見ているようでした。

足下に潮が満ちて行くにつれ、その姿は優しくほどけて行き、夜の青色に空気が染まり、一番星が光る頃には、波の中に沈み、見えなくなっていました。

明かりが灯り始めた街に向けて歩きながら、木太郎さんは思いました。

琴絵さんは植物のような、花のようなひとだったのだな、と。

いつもみんなのそばにいて、みんなの幸せを祈りながら、微笑んでいた。たくさんの綺麗な思い出を自分やみんなの心に織り上げていた。
「花の言葉が聞きたいと、花の心が知りたいと、君はいつもいっていたけれど、君自身が花だったんじゃないか」

背中にずっと、波の音が聞こえました。
繰り返し繰り返し、打ち寄せる音。どこかひとの呼吸のような。
「そうだよな。ずっと一緒なんだよ。あの頃と同じに」
波の音は繰り返します。
寄せて、返して。昔と同じに。
おまえは何も失っていないのだと教えるように。
たくさんの命がこの星に生まれ、他の命と出会い、共に生き、そして別れ。
その繰り返しを、緑たちは見つめてきたのだな、と木太郎さんは思いました。
たくさんの思い出をその葉と蔓に編み込みながら。
「これからも。たぶんこれからも、そうなんだろうなあ」
海の波が、永遠に打ち寄せ続けるように。
ひとの子よ、幸せに、と、終わらない祝福の歌をうたいながら。

第二話　茸の家

十二月なのに、春のように暖かな日でした。

（これはいい日光浴日和ね）

いいあんばいに、二階の廊下の突き当たりのドアが少しだけ開いています。風を通すために家族の誰かが開けたのでしょう。

白猫の小雪《こゆき》は、そのドアをちょっと前足で広く開けて、ベランダに昼寝をしに行きました。

小雪は賢い猫で、ドアでも襖でも障子でも開けることができますが、まだ若いので、ドアを閉めることまではできません。

（たしか、二十年生きて、しっぽが二本になったら、開けたドアを閉めることができるようになるんだったわね）

年をとった猫は、猫又《ねこまた》、と名前が変わって、いろんなことができるようになるのだそうです。

いつだったか桂《けい》が朗読してくれた本に、そんなことが書いてありました。

桂はこのおうちの末っ子の男の子ですが、本が大好きで、いろんなことを知っていて、小雪にいろんなことを教えてくれます。といっても、小雪は猫なので、いつも聴くばかり。喉を鳴らしたり、にゃあん、とお返事したり、そういうことしかできないのですけれど。

中学生になった桂は、お勉強もお店の手伝いも忙しくなって、昔ほどは、本を読んでくれなくなりました。それがさみしくて、桂が自分の手の届かない遠くに行ってしまうような、そんな気持ちがしていました。

(しっぽが二本になったら、にんげんの言葉で、お話しもできるようになるのかな)

猫又になると、手ぬぐいをかぶって二本足で立って、踊れるようになるんだよ、と、桂は教えてくれました。

その話を聞いたとき、小雪は台所に手ぬぐいを見に行きました。窓辺に飛び上がって、干してあるそれに前足でさわり、くわえてみましたが、いまはまだ、手ぬぐいを洗濯ばさみからはずすのも無理でした。

(いつかあれを頭に乗せて踊ったり、桂や家族のみんなとお話しできるようになるのかなあ)

小雪は首をかしげました。ちょっと実感がわきません。いままでしっぽが二本の猫にあったことがないからかもしれません。

（猫が二十年を超えるほど長生きするのって、きっと難しいからなのよね。いつだったか、テレビで、猫の平均寿命は十五歳くらいだっていってたもん）

それと、猫又というのは、「妖怪」の仲間らしいのです。妖怪は怖いものだと、猫の集会で聞いたことがあります。にんげんとは相性が良くないので、いまはひとの住む街にはあんまりいないらしいのです。桂が読んでいた本にも、そういえばそんなことが書いてあったような、と小雪は思いました。

いまもにんげんの街には、いろんな精霊や幽霊たちが住んでいて、うろついています。たまににんげんにちょっかいを出したり、からかって遊んだりします。にんげんたちは鈍感なので、全然それに気づかないのですが。

「妖怪」というのは、もっと怖いもので、にんげんを頭からばりばりと食べてしまったり、呪い殺したりできるらしいのです。

（長生きすると、猫はそんな怖いものの仲間になっちゃうのかなあ）

それでは猫又になれたとしても、うちのひとたちは喜んでくれないのかも知れないな、と、小雪は考え、さみしくなりました。

小雪は風に少しだけからだを震わせて、髭を下げました。お日様の光はぽかぽかと暖かかったけれど、風は冷たいままでした。

ベランダは、お店の側の屋根の方まで広がっている広い場所で、木の床（うっどでっき、というそうです）の上に、草花の鉢やプランターがたくさん置いてあります。ちょっとした秘密の庭のようです。この家の家族たちは、「くうちゅうていえん」なんて呼んでいます。

お客様と縁がなく、売れ残ったお花や、ちょっと弱った木々、カフェで使うためのハーブや少しばかりの野菜が、ここでは育てられていました。冬のいまも、色とりどりの花や葉たちが、風にそよぎ、心地よさそうに咲き、枝や葉を伸ばしていました。

うっどでっきには、小さな東屋《あずまや》もあり、そこには木でできたベンチも置いてありました。ベンチの上にはほどよくお日様に照らされて温まったクッションが。

小雪はその上に丸くなると、ピンク色の鼻から、ため息をついて、目を閉じました。猫のことなので、あっという間に眠りにつき、夢を見ました。手ぬぐいを上手にかぶって、二本足で立って、家のひと達にすごい、すごい、と褒《ほ》められる夢を。

褒められて、小雪は嬉しくて、お礼をいおうとしました。人間の言葉で。いままではにゃあんと鳴くことしかできなかったので、ひとの言葉が話せるのなら、たくさんのいいたいことがあったのだと思いました。

胸がどきどきします。家族のみんなが、桂が、小雪の方を見て、にこにこしています。

みんなが、小雪が話す言葉を待っているのです。小雪は口を開き、人間の言葉を――。

いおうとしたとき、耳元を通り過ぎる雀《すずめ》の鳴き声と羽音で目が覚めました。

うっどでっきに、雀が三羽ほど、羽ばたいたり跳ねたりしています。

（あいつら、また来たわ）

花咲《はなさき》家の家族は、ああいったぱたぱたしたものが好きで、かわいいかわいいといって見ているようですが、小雪はあいつらのことが嫌いでした。だって、ガラスや網戸越しに家の中にいる小雪を覗き込んで、

『ほうら捕まえられないでしょう？』

と、馬鹿にして飛んでいくのです。

（今日こそ、捕まえてやるんだから）

小雪は跳ね起き、雀に飛びかかろうとしました。雀たちは慌てたように飛び上がり、でっきの手すりに止まりました。小雪は跳ね上がり、自分も手すりに降りたって……。

足を滑らせて、下に落ちました。

寝ぼけていたのだと思います。もしそこに桂がいたら、弘法も筆の誤り、といってくれたかな、と思いました。それかずばり、猿も木から落ちるでしょうか。小雪は、猿なんてテレビでしか見たことがないのですが。

「にゃあああああ」

鳴きながら落ちた道路に、小さなトラックが停まっていました。お店に荷物を運んできてくれる、運送屋さんのトラックです。

緑色の幌《ほろ》の上で、小雪のからだは弾み、地面に落ちそうになりました。必死になって爪を立て、幌にしがみついたとき、トラックは走り出しました。

小雪は凍り付いたような姿勢のまま、首だけで振り返りました。千草苑《せんそうえん》が、おうちが遠ざかっていきます。

トラックは商店街を走り抜け、やがて大きな道に入っていきました。そこにはたくさんの車が、前からも後ろからもすごい速さで走っていて、小雪は恐ろしくて耳を伏せ、縮こまりました。爪に力を入れて幌にしがみついていないと、恐ろしい車の群れの中に転がり落ちてしまいます。

小雪はひとりでは商店街くらいまでしか、外出したことはありませんでした。よぼうちゅうしゃや、病気の時に、獣医さんに行くときは、バスケットに入れられて、おうちのひとと、お店の車で行くのです。

おうちも知っている街並みも、どんどん遠ざかってゆきます。すぐにでも駆けて戻りたいのに、飛び降りることができません。ここから降りたりしたら、あっという間に車に轢《ひ》かれてしまうでしょう。

小雪は家がある方角を見つめたまま、幌の上にしがみついているしかなかったのです。

トラックはどんどん道を走りました。大きな道を行き、たまに脇道に入り。でも、どこにも止まることはありませんでした。知らないビルの谷間を、大きな家が並ぶ住宅地を、賑やかな市場の前を、小雪を乗せたトラックは走りました。たまに、反対方向から来る車を運転しているひとや、歩道を歩くひとたちが、幌の上にいる小雪に気づいて、心配そうに指さしたり、スマートフォンで写真を撮ったりしましたが、助けてくれるひとはいませんでした。クラクションを鳴らしたり、通りから手を振って幌の上を指さしたりして、トラックの運転手さんに教えようとするひとたちはいたのですが、小さなトラックはどうやら道を急いでいて、それに気づくことはなかったのでした。

走り続けて、夕方になる頃、トラックは速度をやっと落としました。山の中の、がたがたの細い道に入っていきます。曲がりくねるでこぼこの道をしばらく走った後に、古いガソリンスタンドがありました。そのときにはもう、山道は夕焼けの赤い色に染まっていました。ねぐらに帰る鴉《からす》たちの声がします。冬の風はどんどん冷えて、幌にしがみつく小雪の前足にはもう感覚がありませんでした。全身は凍り付きそうに冷えて、震えています。

トラックはそこでやっと止まり、小雪はよろよろと半ば落ちるようにして、地面に飛び降りました。これでやっと家に帰れる。家に走って帰れると思ったのです。

その姿を見て、ガソリンスタンドのひとと、トラックの運転手さんは、驚いたような声を上げましたが、小雪はそれに気づきませんでした。そのときにはもう、ただひたすらに家のある方角に向けて、山道を走り出していたのです。


走って、走って、やがて山にとっぷりと夜の闇が落ちる頃、小雪は立ち止まりました。うつむいて、あえぎます。子猫の頃のように、我を忘れて走っていました。

もともと猫は、犬と違って、長い距離を走り続けるようにはできていません。暗い夜は平気ですが、家や家族のそばを離れて、知らない道をひとりきりで旅することも得意ではありません。そういうことをするのは、冒険家の雄猫か、迷子になった猫だけで、

（ああ、あたし、迷子になったんだわ）

小雪は髭をしょぼんと下げ、のろのろと家への道を辿りました。

きそうほんのう、というものが自分にはあると知っていました。どっちに向かっていけばおうちに帰れるのか、それだけはわかっていました。

ずっと昔、子猫の頃に、小学生だった桂が、猫の本を読み上げて、教えてくれたのです。

「小雪はもし、いつかうちから遠いところで迷子になっても、きっとひとりでうちに帰ってこられるんだよ。すごいねえ」

そのときはわけもわからず、小雪は得意になって喉を鳴らし、胸を張りました。

（すごいねえ、っていわれたんだもの）

しょんぼりとした気持ちを奮い立たせ、小雪は真っ暗な道を歩きました。猫ですもの、暗くても見えますが、いつもはにんげんと一緒に明るいお部屋で暮らしている小雪です。ひとりきりの真っ暗な夜道は、心細く感じました。

冬の夜風は凍るようですし、しんとした山のあちらこちらに、野の獣たちの気配がします。ぴかぴかと光る目は、テレビで見た、鹿とかうさぎとか、そういう生き物だと思いました。ぴょんぴょんと跳ねていきます。ああいうのはたしか、そうしょくどうぶつ、といって、猫は食べなかったと思います。

（山には、どんな生き物がいるのかな）

きつねとか狼とか、それからくまとかもいるのだったかな、と思いました。狼はあかずきんちゃんを食べてしまうのです。それとくまはにんげんの村を襲って、ぜんめつさせたりするのです。

小雪はぞっとしてからだを震わせました。

そんな恐ろしいものと出くわしたら、小さな猫の一匹くらい、おやつのように一口で食べられてしまうでしょう。

（怖いよう。早くおうちに帰りたいよう）

急ぎ足になりました。でも、この道をずっとずっと行かないと、家には帰れないとわかっていました。きそうほんのうの働きで、家の方向はわかりますけれど、同じ力で、辿り着くまでどれほどの時間がかかるものか、その辺りも、わかってしまうのでした。

夜風は冷たく、道は真っ暗でした。

（ああ、おなか空いたなあ）

いつもなら、もう晩ご飯の時間。美味しい猫缶や、ささみのゆがいたものを貰う時間でした。人肌に冷まして細く裂いて貰ったささみの、ほの温かい柔らかさと、鼻の穴をくすぐる甘い香りを思い出すと、おなかが鳴りました。好物のチーズ入りのまぐろの缶詰を家族が開けてくれる、そのぱっかん、という音が、耳の奥で幻のように聞こえました。

明るく暖かなダイニングキッチンの床の、小雪のために綺麗な柄の布が敷いてある場所に、小雪のためのお皿が置かれていて、いつもなら、小雪はそこでご馳走をいただくのです。ささみをゆがいたあとのスープ（猫ですので、味付けはいりません。素材そのものの最高な味です）をカリカリにかけて柔らかくして貰ったものも、猫缶のお皿のそばに並べられ、香ばしい匂いをたてるのです。

「さあ、どうぞ」

茉莉亜《まりあ》やりら子、桂が、笑顔でそこにしゃがみ、小雪を呼びます。小雪は長く白いしっぽを上げて、スキップするような足取りで、家族のもとへと駆け寄るのです。喉を鳴らしながら。にゃあん、と一声鳴きながら。

明るく暖かい場所。居間の方から、にぎやかなテレビやラジオ、美しいステレオの音が流れる夜の家。どんなに外が寒くて暗くても、家族のそばで、暖かな空気の中で、安心して美味しいものを食べる夜。

ずっとそんな夜が続くと思っていました。

いまの小雪は、痛みさえ感じるほど冷えてきた夜風の中で、ひとりきりうつむいて歩いています。足の裏は尖った石や砂を踏んで、さっきから痛んでいました。傷ができたかも知れません。いつもは、畳やカーペット、せいぜいが庭の柔らかな草や、商店街の煉瓦やタイルの綺麗な歩道しか踏んだことのない足でした。薄桃色の肉球には、あちこちに血が滲んでいるのかも知れません。冷たい地面に下ろすごとに痛みで足が震えました。

トラックの幌の上にしがみついていた前足は特に痛みました。爪が剝がれかかっているのかも知れません。これではくまや狼に襲われても、ひっかくこともできないでしょう。

（あたし、おうちに帰れるのかなあ）

大きな金色の目から、涙が流れました。

猫だって、ほんとうに悲しいときは、涙を流して泣くのです。

（帰りたい）

（帰りたいよう）


凍るような山道を、踏みしめて歩きました。急ぎたくても、もう疲れていて、のろのろとしか歩けませんでした。鼻から漏《も》れる息は、白い湯気《ゆげ》のように見えます。

山の中には、ひとの気配はありませんでした。ずっとにんげんの街で育った小雪には、それはとてもさみしい、不安なことでした。

ふと、小雪の目に、幻のように、おうちの台所のコンロが見えました。暖かな台所。コンロでゆらゆら揺れる炎が珍しくて、そばに行くと暖かいのが気持ち良くて、小雪は、よくコンロのそばに上がりました。

そのたびに茉莉亜に、「危ないから駄目。火傷しちゃうでしょう」と叱《しか》られていたのです。あたしはそんなドジじゃないのになあ。そのたびに小雪はむっとして、コンロから飛び降りたものでした。

（ごめんなさい。茉莉亜お姉ちゃん。ごめんなさい）

小雪はうなだれました。

あたし、おうちに帰れたら、二度とコンロに上がりませんから。

風に紛れて、アルミホイルをカッターでくるんと切る音、丸める音がしました。小雪は、闇の中で耳を動かしました。

（ああ、りら子お姉ちゃんがおもちゃを作ってくれてる……）

小雪は、アルミホイルを丸めて作ったボールを投げて貰って、追いかける遊びが好きでした。りら子は、よく遊び相手になってくれました。小雪はりら子がボールを投げるのを待っていて、ボールが飛んで行き、転がるのと一緒に風のように走りました。アルミのボールを捕まえると、手で転がしたり、口でくわえたりして、りら子のところに駆け戻るのでした。

「すごいなあ、小雪は。素早い。かっこいい。シェパードみたい。警察犬みたいだねえ」

小雪はテレビで見た警察犬の姿を真似て、りら子の足下に腰を下ろし、ボールをくわえたまま、りら子を見上げて胸を張りました。

（帰ったら、遊んで貰うんだ）

（いっぱい、褒めて貰うんだ）

(お利口さんだね、って)

夜風の中に聞こえたと思ったアルミのボールが転がっていく音は、やっぱり気のせいでした。わかっていたけどね、と、小雪は思い、重たく痛い、四本の足を動かしました。

寒くても、お腹が空いていても、疲れていても、この足で前に進まないと。

(ぜったいに、おうちに、帰るんだ)

(どんなに遠くても)

(きっと、みんなのところへ)

ぼんやりとかすむ目に、差し出される優しく大きな手が見えるような気がしました。

「ただいま、小雪」

光の溢《あふ》れる玄関に、草太郎《そうたろう》お父さんが身を屈めています。重そうな鞄《かばん》を横に置いて、大きな靴を脱ごうとしているところです。

「不思議ですねえ。小雪はぼくが帰ってくる時間がわかるみたいですね。それとも足音が聞こえるのかな。いつもお迎えありがとう」

大きな手が、小雪の頭を撫でてくれます。

小雪は喉を鳴らし、どちらもですよ、お父さん、と猫の言葉で呟きます。

いつもお父さんが帰ってくる頃になると、胸の奥がそわそわして、心に光が詰まったように、眩しい感じがするのです。玄関で香箱を作って待っていると、耳の奥に、お父さんの自転車の車輪が鳴る音が聞こえて、裏庭の自転車小屋に止める音がして、それから、庭を横切って、玄関に近づいてくる足音がするのです。

「うちのにんげんの子どもたちは、みんなもう大きくなっちゃって、玄関までパパお帰り、って走ってきてくれなくなりましたからね」

お父さんは、丸い眼鏡の奥の目を、優しい形に細くしました。猫の笑顔と同じように。

「小雪がこうして待っていてくれるから、お父さんはうちに帰るのが楽しいんですよ」

小雪は頭を大きな手にごしごしとこすりつけました。そんなことで楽しくなってくれるのなら、毎日必ず、お帰りなさいをいわなくちゃ、と思いました。

(帰らなくちゃ……)

(お父さんにお帰りなさいをいわなくちゃ)

森の中には、いま、真っ黒い闇が落ちています。息苦しくなるくらいに。

猫の目は暗いところでも見えるようになっていますが、それもあくまでわずかな光があっての話。真の暗闇では何も見ることができません。ずっと昔、桂が子ども向けの猫の本を読み上げながら、「そうなの？」と、子猫だった小雪に聞きましたが、小雪はただ首をかしげるばかりでした。「真の暗闇」というものがよくわからなかったのです。

見たことがなかったから。にんげんと一緒の、街での暮らしの中では、縁がないものだったからです。

でも、いまの小雪は、それがどんなものなのか知っていました。

(暗いなあ。ああ、これが暗いってことなんだなあ)

小雪は呟きました。

もしかして、にんげんの目には、夜はこんな風に見えるのかしら、と思いました。

(わあ、それじゃあ、怖いわよねえ……)

心細くて、世界に自分ひとりだけがいるような気持ちになるかも知れません。

(ああ、でも、おじいちゃんは、夜が怖くないみたいだったわ)

木太郎《もくたろう》おじいちゃんは、ちょっと昔にいたという、にんじゃみたいなところがあります。猫みたいに、暗いところでもまわりのことがわかるみたいです。夜の真っ暗になった庭も、ひとりで歩いていたりします。薄暗い倉庫の中にひとりで入って、捜し物をしたりします。

だけど、たまにそんな風に暗い中でひとりきりの時、悲しい悲しい表情になって、うなだれているときがあります。小雪はそんなとき、そっとそばに行ってあげるのです。

木太郎おじいちゃんは、「ありがとう」といって、痩せた手で頭を撫でてくれました。

「おまえがいると、寂しくなくていいな」

小雪は、歩き続けました。

(だって、あたしが帰らないと、おじいちゃんがさみしくなっちゃう)

そして――。

小雪の耳に、懐かしい声が聞こえました。

「小雪がいるから、ぼくは怖くないんだよ」

桂でした。子猫の頃、命を助けて貰ってから、桂は小雪の王子様で、騎士様で、とにかく強くてかっこいい素敵なひとでした。

でも、桂は、いったのです。

夜、子ども部屋で、ふたりきりで眠っていたときに。枕元に丸くなっている小雪に、小さな声で、そっと。笑いながら。

「ぼくは怖がりで、それから本が好きで、ちょっと想像力がありすぎちゃうせいで、暗いところが怖いんだ。小さい頃からそうだった。すぐに泣きたくなっちゃう。夜は大嫌いだったんだ。だって、悪い宇宙人が人間を攫《さら》いに来たり、怖い妖怪や幽霊が暗闇に潜んでいそうな気がするんだもの。――だからね、夜になって子ども部屋でひとりで寝るのが、昔は怖くてね。だから、眠くなるまで本を読んで、怖いのを忘れてから寝るようにしたり、電気スタンドをつけたまま寝たり、ひとりでいろいろ工夫してたんだよ。

でもね、いつのまにか、夜が怖くなくなったんだ。どうしてだと思う？」

小雪は首をかしげました。その頭に、桂は温かな手を伸ばして、撫でてくれました。

「小雪がうちにきたからだよ。小雪と一緒に寝て、喉がごろごろ鳴っているのを聞いたら、ぼくは夜が怖くなくなっていたんだ。

どうしてなんだろうね？」

小雪は黙って喉を鳴らし、得意げに金色の目を輝かせました。

(そんなの、当たり前じゃあないの)

小雪はほんとうに、この家から、「怖いもの」を追い払い、桂や家族を守っているのですから。猫の光る目がそこにある限り、にんげんは闇の世界から来る者達から守られて、安らかに眠ることができるのです。

ほんの子猫の時から、猫の仕事はそういうものなのです。温かで柔らかな寝床に眠らせて貰い、ご飯を少しだけわけてもらう、その代わりに、猫はにんげんを――縁あって迎えられた、自分の家族を守るのです。それは、いまから何千年も昔、ここからははるかに遠い、砂漠と大きな川のほとりの国で、猫がにんげんと一緒に暮らすようになってからの、神聖な約束でした。遠い昔から、はるかな未来まで、永遠に続く神聖な契約です。

「小雪がいれば、妖怪だって怖くないよ」

桂はそういってくれたのでした。

（あたしは、おうちに帰らなきゃ）

大事な王子様を守らなくてはいけません。子猫の頃、小雪を助けてくれた大切なひとを、いろんな妖しい者達から守らなければ。あの子は優しい子だから、ほうっておいては何にとりつかれるかわからないのです。

暗い森の中の道、凍るような風が吹きすぎるひとりだけの道にも、妖しい影がさっきからちらちらと見えていました。

草花の精たちや、木々の魂、そんなものなら普通にたくさんいます。木の枝に小さなにんげんの姿をしたものが腰掛けていたり、草むらに人形のような蛙のような顔をした者達が潜んで、こちらを見ています。

小雪がひとりで夜の道を歩いているのを、心配そうに見守ってくれています。ささやき交わす声が聞こえます。『あの猫どうしたんだろうねえ』『迷子の猫かしら』『かわいそう』『あのままじゃあ、凍えて死んじゃうんじゃないかしら』

心配してくれるのは嬉しいのですが、最後の一言は余分だ、と思いました。

小雪のおうちはお花屋さんで、家にも庭にもお店にも、ああいった小さな者達は普通にうようよいます。なので、若干うるさいなあと思いつつも、見慣れているのでいいのですが、夜の森にはもっと不気味なものの姿もありました。ついさっきも死んでいったにんげんらしき灰色の影が、小雪の方を見ながら、森の中をよろよろと歩いて行きました。行く手の車道が、ぼんやりと光っていると思ったら、せんべいのように薄くなった姿の、あれは狸でしょう。紙が風に吹かれるように、その場からぺらぺらと立ち上がっては、

「ああそうか、俺はもう死んでいたんだっけ」

と思い出したように道路に斃《たお》れ、しばらくしてまた立ち上がって、と、繰り返していました。おそらくは車に轢かれたのでしょう。

猫の小雪にとっても、見ていて気持ちの良いものではありませんでした。狸が道路に貼りついている場所のそばを通り過ぎるとき、背筋としっぽの毛が、ざわっと逆立ちました。

森の中の道はいつまでも続き、空には月も星もなく、辺りの闇は濃くて、小雪はこれが夢ならいいのになあ、と思いながら歩きました。二階のうっどでっきの暖かな木のベンチでのお昼寝、いまがそこで見ている夢で、目をつぶればあの暖かな場所に戻れればいいのに。

でももちろんそんなことはないのでした。暗がりはいよいよ濃く、猫の小さなからだには森はどこまでも深く、そして、小雪は思い出したのでした。

にんげんの街を離れた、恐ろしい妖怪たちは、人里離れたところにいるらしい、と聞いたことを。

――そうたとえば、こんな闇の深い森の奥に、妖怪たちは暮らしているのではないでしようか？

すぐそこの藪《やぶ》の中に、森の木々のうしろに、恐ろしい妖怪が潜んでいるような気がしました。桂が読んでくれた物語の本や、一緒に覗き込んだ絵本や漫画の、気味の悪い妖怪たちの姿が、そこここに浮かび上がりそうでした。

猫の集会で、近所の長老から聞いた話が耳の奥に蘇りました。商店街の古い時計屋さんに飼われているペルシャ猫は、古いからくり時計の下にある小さな広場で、小雪や若い猫たち、子猫たちに、話してくれたのです。

お伽話《とぎばなし》のような、いいつたえを。

「この世界にはねえ、昔はひとを食ったりひとつの村を凍らせてしまうような恐ろしい妖怪がたくさんいた。でもいつの間にか、みんないなくなってしまったんだよ。

科学が進み、ひとの街が明るくなるにつれて、一匹また一匹とどこかへ消えてしまってねえ。あいつらは闇の世界の生き物だから、明るすぎると、存在していることができないんだろう。文明の明るさになじめなかったんだ。でももしかしたら、世界のどこか片隅の、ひとの光が届かないようなところには、いまも魔物たちは生きているのかも知れないね」

小雪は夜の道でうずくまり、震えました。

でも、やがて立ち上がり、一歩一歩足を踏みしめて、また道を辿り始めました。

(妖怪に、出会っても)

(もしこの山奥に、怖い者がいるとしても)

あたしはうちに帰るんだ、と思いました。

空気が凍るようだなあと思ったら、雪が降り始めました。ちらちらと。音も無く。

おうちの中から、窓越しに見る雪は、ただふわふわと綺麗で優しくて、楽しいばかりだったのに、いま降っている雪は、まるで空から氷の欠片が降ってくるようでした。

(ああ、おこたに入りたいなあ)

うつむき、髭を下げて歩きながら、小雪は思いました。

家族と一緒の居間のこたつ。夕方、桂と一緒に聴く、ラジオの音。たまに桂が本のページをめくる音が耳に優しくて。楽しげな音楽と交通情報。そして夜。夕食の後の、家族みんながこたつで過ごす、穏やかな時間。お茶を入れてきた茉莉亜が、ことんことんと、みんなの前に湯飲みを置く静かな音。立ち上る香ばしい香りと、みんなが茉莉亜にお礼をいう声。タブレットやスマートフォンを持ってきたお父さんとりら子、新聞を開くおじいちゃんが、今日の話題の話をして盛り上がったり、それに他の家族が加わったり。歌番組のにぎやかな音楽、ドラマの台詞と効果音。ニュースを読むアナウンサーの声。こたつ布団の上で丸くなる小雪の頭や背中を、そっと撫でる家族みんなの手。

おうちに向かって、小雪は歩き続けました。

途中で、目指す方向が道とずれてきたので、森と藪の中に入っていきました。もし妖怪に出くわしたら、追いかけられたらどうしようとは思いましたけれど、それよりも、少しでも早く、家に帰りたいと、もうそれだけしか考えられませんでした。

普段は忘れている、小雪の中の獣の部分が、大丈夫だよ、と聞こえない声でささやいたような気がしました。そう。ずうっと昔、何千年も昔の時代の猫、猫が山猫と呼ばれていた時代には、猫はにんげんが造った道なんて歩かなかった。砂漠や森や、荒野をひとりで歩いていたのです。山猫の遠い子孫の小雪にだって、頑張れば同じことができるはずでした。

（頑張れば……）

でも、雪が降る知らない山の中で、小雪は冬枯れした藪の中をさまよい、枯れ枝で足や体を傷つけながら、自分の足がだんだん動かなくなるのを感じていました。心もあたまも、前に進もうとしているのに、足が上へと上がらないのです。足は冷たくじんじんと痺れて、少しずつ感覚がなくなってきています。悪いことに、夜風は時間が経つごとに強くなっていて、時折吹雪のように吹き荒れるのです。

(頑張れ、頑張れ、足)

(頑張らないと……)

あのこたつに帰れない。

泣きたい思いで、必死に顔を上げようとしたとき、目の前の闇の中に、温かなオレンジ色の明かりが見えました。

懐かしいこたつの中の光のような、お店のストーブの炎のような。あの明かりは、何でしょう。こんな人里離れた森の中に……。

小雪は顔を上げました。白い尖った耳を辺りに巡らせます。風の匂いを嗅《か》ぎます。

近くには、にんげんの気配はまるでありませんでした。ひとの街のにぎわいも、この山道を歩き始めてから、近くには、まるで感じていません。

山奥の、こんな誰もいないところに灯る、あの明かりって、一体――?

(もしかして、妖怪の家?)

桂が読んでくれた子ども向けの妖怪の本の中に、そういうお話がなかったでしょうか？

（たびびとが泊まると、親切そうなおばあさんが優しくしてくれるんだけど、実はそのひとはひとを食べる悪い妖怪やまんばで、そのやまんばは、夜中ににんげんを料理して食べるための包丁を研いでいたりするの）

小雪はごくんとつばを飲み込みました。

（それか、雪女が住んでいる家だったりして）

風に吹かれた雪が、小雪を巻き込み、藪にも森にも雪が積もっていきます。雪女が出るのも、こんな雪の夜ではなかったでしょうか。

小雪は、雪の中で立ち尽くしました。

そのとき、小雪は耳をぴん、と前に向けました。金色の目でその灯りをみつめました。

（誰か、呼んでる……）

吹き荒れる風の音と、風に鳴る木々や草の葉のざわめきの音の中で聞こえた声です。気のせいか、幻かも知れないとは思いました。夕方から一体何回、幻を見たことでしょう。

（聞こえる）

正確には、それを感じる、と思いました。猫にはにんげん相手でなく、猫同士の間で使える、「呼び声」のようなものがあります。耳では聞こえないような場所にいる誰かに語りかけたり、猫の鳴き声で話すにはふくざつなやりとりをするときに使う声です。

その呼び声で、誰かが小雪を呼んでいるのです。そんな感じが耳の奥でします。

呼び声は、怖い感じはしませんでした。むしろ、凍える雪の夜にひとりぼっちの小雪を心配し、大丈夫？　こっちにおいで、と、呼びかけてくれる声でした。

『さあ、こっちにおいで。ここはあったかい。おなかが空いているのなら、ご飯もあるよ』

目の奥に、猫の姿が見えました。はっきりとはわからないけれど、痩せた茶白の、優しそうなおばあさん猫だと思いました。長いほうきのようなしっぽをぱたぱたとゆらしていました。


小雪は、よろけながら、闇の中の明かりを目指しました。途中で大きな岩のようなものが、転がっているそばを通り過ぎました。金属でできているように見えたので、自動車かな、と、小雪は思いました。事故に遭ったのでしょうか、崩れたような形になっていて、冬枯れした森の木々や草花に覆われていました。

そして、草花の間に、誰かが置いたクリスマスの明かりのように、小さな光る茸《きのこ》がいくつも並んでいました。金属でできた大きな岩を飾るように、明かりはまたたいていたのです。

そして、辺りの木々を、その上に降り積もる雪を温かな色で照らすように、ほっこりとした明かりが雪の中に見えてきました。絵本で見たことがあるような、わらぶき屋根の家から放たれている明かり。大きな戸口や窓から、暖かな色の明かりが漏れ出しているのでした。

そして、光る茸は、その家でも光を放っていました。わらぶき屋根のあちこちや、雪に濡れた縁側も、ぼんやりと青白く光っているのです。それはどこか、写真で見たことがある、星空の光る感じに似て見えました。わらぶき屋根の家は、光る茸から漂うらしい、不思議な、知らない香りに包まれていました。

(——くりすます?)

小雪は首をかしげました。にんげんたちが十二月に家のまわりを光で飾る、そんな感じに似ているような気がしたのです。この家は、たくさんの小さな茸の形の明かりで家を飾っているのでしょうか?

でも、クリスマスはこの間、終わったような気がします。もうお正月の飾り付けに変わっているような。

でもそんなことはどうでもいいや、と思いました。そのとき、その家から、美味しそうな匂いが流れてきたのです。

（煮干しの匂い……）

煮干しで出汁を取った、お味噌汁の匂いだと思いました。煮干しは塩辛いので、猫の体にはよくありません。なので、小雪はお味噌汁を飲んだことはありませんが、出汁を取った後の煮干しをおやつにもらうことがたまにありました。ほの温かくて、美味しいのです。

家の中から、「呼び声」が聞こえます。耳の奥で、胸の辺りで、響きます。

『おいで、早くいらっしゃい。たびびとの猫ちゃん。こっちはあったかいわよ』

小雪は、わらぶき屋根の家に近づきました。

よくよく見ると、へんてこな家です。縁側はぼろぼろで、木の板に穴が開いたりしているし、ガラスも汚れています。障子もあちこち破れて、それをいろんな紙でふさいだあとがあります。明かりがついていなければ、ひとが住んでいない家に見えたかも知れません。

（よっぽど古いおうちなのかしら？）

小雪は家に近づきます。野菜や魚、果物の匂いがすると思ったら、軒下に、大根や人参、お魚に果物がいくつも干してありました。小雪の家では、茉莉亜お姉ちゃんがいろんなものを干すのが好きなので、小雪には見慣れた景色でした。何でも干すと、長持ちするし、栄養もたくさんになるそうなのです。この家には、お料理が上手なひとが住んでいるので今日は、心の中で、よいしょとかけ声をかけました。

いつもなら、風のように身軽に飛び上がるのですが、小雪は、縁側に上がりました。

（そのひと、夜中に包丁研いだりしないといいんだけど）

しょう。

明かりに近づくにつれ、元気が戻ってきていました。もし、この家に怖い妖怪が住んでいるとしても、夜中に小雪を食べようとして包丁を研いだり、凍らせようとして雪のような息を吐いたりしても、小雪はその妖怪の顔をひっかいて、逃げてやるんだと思いました。

（いまは、休まないと、死んじゃうから）

このまま、雪降る山中にいては、小雪は、疲れて凍えて死んでしまいます。

（それに、呼んでくれる猫がいるんだから）

あの呼び声は、優しい猫のものだったと、そう小雪は信じたいと思いました。

（不思議な、茸のおうちだけど）

縁側にも茸の放つ青白い明かりがあちらこちらに灯っています。その光はどこか、小雪をいらっしゃいと歓迎しているようでした。

小雪は前足で、光る茸に触ってみました。ひんやりと柔らかい、生きている茸でした。

（おもちゃの茸じゃないんだ）

小雪は首をかしげました。茸っておうちにはえるものだったのかしら？

茸というのは、美味しそうな匂いの、ぽたーじゅや、あったかいさらだに入っているものです。網の上でこんがり焼かれたり、アルミホイルで包み焼きになったりもします。

商店街の八百屋さんや、スーパーで売っているものだったと思います。

（でも、世界は広いから、おうちにはえる茸もあるのかもしれないわね）

「世界は広いから」というのは、最近の桂の口癖でした。地球はとても広くて、国はたくさんあって、いろんなにんげんがいるんだから、自分のじょうしきはいつでも通じるって思っちゃいけないんだ、と、ときどき自分に言い聞かせるみたいに桂はいうのです。

（にんげんがそうなんだもん。きっと猫だってそうした方がいいんだわ。しこうをじゅうなんにしないといけないのよ、うん）

縁側から、明るい部屋の中を覗き込もうとしました。やまんばや雪女や、もっと怖い妖怪がいるかも知れないので、少しだけ背筋の毛が逆立ち、しっぽが太くなりました。

「どうしたの、丸子《まるこ》や」

中でひとの声がしました。こちらに向けて鳴く、猫の声も。

「庭に誰かいるっていうのかい？　そうかい」

部屋の中で、誰かが立ち上がる気配がしました。人影が近づいてきます。障子が開き、ガラスの引き戸が、ゆっくりと開きました。

引き戸に寄りかかるようにして、ひとりのおばあさんがそこに立っていました。

「あらまあ驚いた。これはかわいい猫ちゃん」

そのひとはびっくりしたように、からだを震わせると、優しい声でいいました。

髪は真っ白、顔は皺だらけで、年齢がよくわかりません。パジャマの上に毛玉のいっぱいついたカーディガンを羽織っていました。

その笑顔はとてもとても、優しいものでした。猫や人間を食べるような、怖い妖怪には見えませんでした。よっこらしょと身を屈め、おいで、と呼んでくれました。

「あなたは一体どうしたの。こんなに寒い、雪の夜に。まあ、かわいい首輪をつけて。どこの子なの？　どこから来たの？　迷子になったの？」

おばあさんの足下に、これも年齢がわからないくらい年をとった、痩せた茶白の猫が一匹、ゆらりと姿を現して、ほうきのようにふさふさのしっぽをぱたりと振りました。

　青白く光る目が、小雪を見つめます。

『いらっしゃい。お名前は？』

『小雪です。こんばんは。あのあなたが』

『ええ、わたしがあなたを呼びました。わたしは、丸子。

　こちらは、おばあちゃん。よろしくね』

　どうも、子猫の時に、よく太って、丸かったから丸子って名前になったらしいのよ、と、猫は付け加えました。横にいるおばあちゃんには聞こえない猫の言葉で。

　おばあちゃんは、自分が後ろに下がって、小雪を部屋の中へと呼びました。首を伸ばして覗き込むと、古い畳の上に、大きな、温かそうなこたつがありました。

「まあとにかく、暖まって行きなさい。うちは雨戸が壊れててね、閉められなかったのよ。寒かったけど、ちょうどよかったわねえ」

　小雪は部屋の中に入りました。明るい暖かい場所に入ると、凍り付きそうだったからだも心も、溶けていくようでした。お味噌汁のいい匂いがして、おなかが鳴りました。

「丸子が教えてくれなかったら、猫ちゃんが縁側にいることに気づかなかったかも」

　皺だらけの手が、ガラス戸と障子を閉め、丸子の頭をくりくりと撫でました。

「丸子はほんとうにお利口さんなのよ。わたしはね、この頃ちょっと、耳が遠くなっててねえ。頭の方も、ちょっとね、回転がゆっくりゆっくりになってきててね。でも丸子がいるから、わたしはこうしてこの家で、ひとりで暮らしていけるのよ」

　年老いた猫は、嬉しそうに目を半分閉じて、撫でられていました。おばあちゃんの手が撫でる様子は幸せそうで、ふたりそろうと一枚の絵みたいだなあと小雪は思ったのです。

家の中は暖かくて明るくて、どうやら妖怪もいないみたいですし、小雪のからだからは力が抜けました。でも何だか埃っぽくて、そのせいか、それとも風邪を引いたのか、くしゃみが続けて出ました。障子や襖も破れているし、天井には染みもあります。

部屋の隅には、あの光る茸がはえていました。茸の匂いがぷんぷん漂っているので、もしかして、このくしゃみは、茸の胞子《ほうし》のせいなのかしら、と小雪はちょっと思いました。たしか茸は、胞子という小さな種のようなものを飛ばして、それで増えるのだと、家族が話していたのを聞いたことがあります。

茸の匂いは鼻がむずむずするくらいでしたけれど、悪い香りではないと思いました。にんげんが食べるものだと思うからなのか、美味しそうな匂いだとも思います。それに、部屋の隅っこで並んだ茸が青白く光っている様子は、かわいく綺麗に思えました。何だか茸たちが楽しそうに見えたのです。

小雪たち猫には、植物の妖精が見えたりはするけれど、けっして彼ら草木の仲間ではないし、桂たちのように会話することもあまりありません。彼らが考えていることもいまひとつわからないことが多いです。お互いに興味がないからかも知れません。

でも、この小さなランプのような、謎の光る茸たちは、小雪やにんげんのことが好きなように思えました。こちらに興味を持っているように思えました。頭も利口そうで——なんていうか、にんげんぽいというのか。

小雪は首をかしげました。

（なんで、あたしはそんな風に思うのかしら？）

これは、ほんとうにただの猫の勘なのですが、この茸たちが動いて歩き出したり、いきなり猫やにんげんの言葉を話したりしても、不思議じゃないような気がしたのです。

（そんな植物、この世にはないわよね？）

でも、と、小雪はうなずきました。

しこうはじゅうなんにしなくてはいけません。世界は広いのですから、変わった茸があっても、きっとおかしくはないのです。

そう考えると、光る茸たちが、風もないのに、ゆうらりと揺れて、笠の下に、光る胞子が散ったような気がしました。

「猫ちゃん、おなかが空いたでしょう」

おばあちゃんが、いい匂いのするものを持ってきて、小雪の前に置いてくれました。

お皿に入った、白いご飯の上に、お味噌汁がかかっていて、ほぐしたお魚が載っていま

した。猫舌が食べやすいように、ふうふうと冷まして、

「さあ、お食べ」

小雪はお皿に鼻をつけたまま、しばし迷いました。とてもいい匂いがします。でも……。

(こういうのを「猫まんま」っていうんだわ、たしか。絵本で見たことがあるもの)

昔の猫が食べていたというご飯です。

(昔の猫は、自由にお外でねずみや小鳥をとって食べていたから、おうちでは肉がいらない。猫まんまでも栄養が足りたんだって、桂から聞いたこともあるわ)

でも、小雪はいまどきの猫なので、猫まんまは初めて見ました。白いご飯は、たまに猫缶に混ぜてもらうこともあるし、お味噌汁の煮干しの出汁はいい匂いがしましたけれど。でも、家では、塩辛いものは猫に良くないからと、お味噌汁を食べることはありませんでした。

(お味噌汁……食べてもいいのかなあ)

おなかが空いていました。とても美味しそうに見えました。

そのときでした。

丸子が横から首を伸ばして、お味噌汁をぺろぺろと舐め取り始めたのです。

『辛いところはわたしが食べてあげるから、その魚の身と、白いご飯をお食べなさいな』

あらあら、とおばあちゃんが困ったように、声を上げました。

「丸子はさっき食べたでしょう。たりなかったの？」

丸子はその声が聞こえないように、お味噌汁を上手に舐め取りました。そうして長い舌で口のまわりを舐めながら、その場から立ち上がり、小雪に皿を明け渡しました。

『あの』と小雪は、丸子にいいました。

『ありがとうございます。でも、そのう、辛いものは、猫のからだには、よくないですよ』

『そうね』と、丸子は笑いました。

青白く光る目が、ゆらりと光りました。

『わたしは、辛いものも平気なの。おばあちゃんのお味噌汁、今日のは特に美味しかった』

腰を下ろして、丁寧に顔を洗い始めました。

辛いところを避けて貰った猫まんまは、ほの温かくて、煮干しのいい味がしました。ほぐしたお魚も、よい味でした。一口食べるごとに、元気が戻ってくるような気がしました。

おばあちゃんはにこにこ笑いながら、小雪が食べる様子を見ています。

ありがたいなあと感じながら、小雪は思いました。

（丸子さんは、きっとお外で狩りをする猫なんだわ。それか、もしかして）

猫も年をとると、にんげんが食べるようなものを美味しいと思えるようになるのでしょうか。

（そんなお話、聞いたことないけどなあ）

だけど、二十歳を超えた猫のしっぽがふたつになって、妖怪猫又になるというのなら、辛いものが食べられるようになるくらい、たいしたことでもない気がします。

「今夜はとりあえず、泊まって行きなさい」

おばあちゃんがいいました。「明日、駐在さんに、迷子の猫がいますって、届けに行ってあげるから。あんたはかわいい猫だもの。きっとおうちのひとが捜してる」

おばあちゃんは、テレビをつけてこたつに入りながら、小雪にいいました。

「丸子と並んでると、親子みたいだねえ。おうちのひとが見つかるまで、うちにいていいんだからね」

演歌が流れ始めました。歌と拍手の音を聞きながら、小雪はこたつ布団をくぐって、こたつの中に入りました。古いこたつの中には、オレンジ色の光とお日様のような暖かさが、いっぱいに満ちていました。

中で十分あったまってから、外に出てきて、こたつ布団の上に寝そべりました。足の裏が痛かったのを思い出して、ぺろぺろ舐めました。足はほんとうに傷だらけ。疲れていて、棒のようです。小雪の目に薄く涙が浮かびました。この足でうちまで歩いて行けるでしょうか。ほんとうに家に帰れるのでしょうか。

ふと、丸子がそばにきて、横に寝そべり、一緒に舐めてくれました。優しくて、あたたかい舌でした。気持ちが良くて、喉が鳴りました。丸子の青白い目は、優しく細められていて、そのまなざしと、あたたかなからだは、とても懐かしい感じがして……。

(ああ、お母さんって、こんな感じだったかも)

小雪は小さい頃に捨てられた猫でした。自分を生んで育ててくれた、猫のお母さんのことは、あまり覚えていません。いまはもう自分の家族は、花咲家のひとびとだと思っているので、寂しくなることもありません。でも、時折、あったかい感じとか、優しい感じ、ふかふかした感じや、ミルクの匂いを思い出すことがあります。懐かしいことがあります。

(そう。お母さんって、こんなだったかも)

知らないうちに、喉がごろごろと鳴りました。丸子も喉を鳴らしながら、小雪の足を舐め、そして頭やおなかも舐めてくれました。

『早く元気におなり』

優しい声で、丸子はいいました。

『元気になって、おうちに帰りなさい。帰るところがあるのなら、待っているひとたちがいるのなら、帰らなくっちゃいけないのよ』

いつのまにか、うとうとしていたのだと思います。気がつくと、おばあちゃんもテレビをつけたまま、横になっていました。

丸子がすうっと立ち上がると、おばあちゃんの耳元で鳴きました。

「……なあに、丸子」

眠そうに目をこする手を、そっと嚙みます。

それでおばあちゃんは目が覚めたようでした。

「いけないいけない。そうだねえ。こたつで寝たら、風邪を引いてしまうものねえ」

おばあちゃんはテレビを消して、立ち上がりました。

「もうテレビも終わったし、丸子や、寝ようか。白猫ちゃんも一緒に寝るかい？」

丸子はにっこり笑ったようでした。おばあちゃんが押入の方に向かう、そのあとをついていきます。

「丸子は、ほんとうにお利口だねえ。にんげんの言葉がわかるみたいだ」

猫にはにんげんの言葉がわかるのよ、と、小雪は思いました。にんげんのように会話することはできませんが、大好きな家族の言葉なら、大きな耳でしっかり聴いていて、たいてい覚えてしまうのです。

まだ若い小雪でさえ、花咲家の家族の言葉がわかるのですから、年をとっている丸子なら、おばあちゃんの言葉が全部わかっているのではないでしょうか。

それに、猫はにんげんの動きを見ています。そうして、いろんなことを覚えます。

たとえば、家族の目の動きや、ふとついたため息、手の動きで次に何をしようとしているのかわかってしまうのが猫なのです。

そして――。

(内緒の話だけど、それだけじゃなく、猫は、てればしーも使えるものね)

猫同士が会話する時に使うような、不思議な力を、にんげんに対して使うこともあります。にんげんに使うときは、ふくざつなことは伝えられないので、ほとんどその力を使うことはありません。せいぜい、心の中で名前を呼んで振り返らせるくらいのことしかできません。

この力のことを、にんげんはてればしーと呼んでいるようでした。

花咲家のお父さんや、桂が大好きな、えすえふの本に出てくる、『超能力者』や、『宇宙人』が使う力のことです。超能力者というのは、魔法使いみたいなことが出来るひとで、ちょっと花咲家の家族に似ていると思います。宇宙人というのは、お空のお星様に住んでいて、ときどき、空飛ぶ乗り物に乗って、地球に来るというひと達のことです。外国のひとみたいな感じかな、と、小雪は思っていました。でも、星に住むってどんな感じなのでしょう？　お空から、落ちてきたりはしないのでしょうか？

猫は、鳴いたりしなくても、頭の中だけでお話しが出来ます。宇宙人や超能力者は、猫の仲間みたいなものなのかも知れないな、と、思ったことがあります。もしかしたら、宇宙人と出会えたら、てれぱしーで会話出来たりして、なんて思ったことも。

（でも、どっちもお話の中だけの存在だって、りら子お姉ちゃんがいってた。ほんとうにはいないものなんだよって）

おばあちゃんは眠そうでした。押入の襖を開けようとして、そのままふらしています。すると、丸子が立ち上がって、襖をさっと開けました。

「ありがとう、丸子」

おばあちゃんはお礼をいうと、目をこすりながら、よっこいしょ、と布団を押入から引っ張り出しました。そのまま引きずるようにして、こたつの横に布団を敷いていきます。

猫の丸子は、もう一度立ち上がると、押入の襖を、上手に前足で閉めました。

（えっ）

小雪は口を開いて、押入をみつめました。目の錯覚かと思ったのです。でも押入の襖はきちんと閉まっていて、その前に丸子がおすましたような表情で、座っていました。

そして、小雪は気づいたのです。丸子の長くふさふさのしっぽ。それがよく見ると、二本に分かれているということに。

布団を敷き終わったおばあちゃんが、押入を振り返って、あらまあといいました。

「わたし、押入の襖をいつのまに閉めたんだったかしら。やっぱり惚けちゃったかしらね」

そして、おばあちゃんはカーディガンを脱ぐと、掛け布団の胸元にかけ、天井の電気を消すと、お布団に入りました。丸子と小雪をおいで、と呼びました。

おばあちゃんの胸元で丸くなった丸子の横に、小雪も少し離れて寝そべりました。

喉を鳴らす丸子を撫でてやりながら、おばあちゃんは、静かにいいました。

「丸子や、長生きしておくれ。ずうっとそばにいておくれ。わたしはちょっと長生きしすぎてしまったの。友達も家族もみーんな、わたしを置いて、先に逝ってしまった。

この上、丸子までいなくなったら、わたしは世界にひとりぼっちになってしまう。どんなに健康で、長生きでも、蓄えが多少あっても、ひとりぼっちで生きる人生なんて、いいことなんてひとつもありやしない。さみしいばっかりだ」

おばあちゃんの皺だらけの目尻に、涙が流れました。

「あれは何年前だったかしら。こんな雪の夜に、おまえが死ぬ夢を見た。庭におまえの墓を作って……わたしはわんわん泣いてねえ。

ずうっとずうっと泣いていたら、おまえ、帰ってきてくれたねえ。とても嬉しかった」

おばあちゃんはすすり泣きました。泣いているうちに疲れたのか、うとうとしたようでした。

「もうあんな夢は見たくないよ。お墓なんて作りたくない。さみしいのは嫌だもの」

丸子の舌が、おばあちゃんの涙を舐めました。そして、小さな声で、でもはっきりと、丸子はいったのです。人間の言葉で。

「ソウヨ。アレハ夢ナノ。悲シイ夢。デモ夢ダカラ、モウ丸子ハ死ナナイ。ズウット、オバアチャンノソバニイルヨ」

うんうん、と、おばあちゃんはうなずきました。そして、幸せそうに眠ったのです。

雪はしんしんと降り積もりました。

おばあちゃんはすやすやと眠り、そして、小雪は眠れないままに、丸子に訊いたのです。

『あの、丸子さんは、普通の猫じゃないんですよね』

丸子は目を青く光らせて、いいました。

『少し違うかな』

『少し？猫又なんでしょう？』

青白い目が、うっすらと笑う形に細くなりました。ふさふさした二本のしっぽが、楽しげに布団をぱたりと打ちました。

小雪は、怖いとは思いませんでした。

もし丸子が猫又で、妖怪だったとしても、それが丸子なら、怖くないと思いました。

丸子は、ゆっくりと首を横に振りました。

『わたしは、遠い遠いところからきたの』

『遠いところ？』

『数年前、この地に迷い込んだ「たびびと」、それがわたし。ひとりきりで乗っていた「乗り物」が事故で落ちてね。ひどい怪我をしていたし、もう死んでしまうかも知れないと思いながら、辺りをさまよっていたの。あの日も、雪が降っていて、寒かった。――そうしたらね、近くに、猫の死体が埋めてあるのに気づいたの。助かった、って思ったわ』

『助かった……？』

桂が読んでくれた猫又の出てくる怪談では、猫又は死体を操ったり動かしたりする、と書いてあったことをふと思い出しました。

『わたしたちは、こちらでいう茸に似た生き物でね。他の生き物に「寄生」しないと生きていけないの。もっというと、一度死んだ生き物のからだに寄生して、ひとつになって、その生き物のからだから栄養を貰いながら、その亡骸《なきがら》の記憶や感情も受け継いで、一緒に生きていくの。ふたつでひとつの生き物みたいな――あの、説明、難しいかしら？』

お利口さんでも、あなたは猫だものねえ、と、丸子はふうっとため息をつきました。

『よくわかんない……かも』

でもいいや、と小雪は思いました。

よくわからないけど、この目の前にいる丸子は、きっと、悪い猫ではないのです。でも普通の猫じゃない。もしかしたらやっぱり、妖怪みたいなものなのかもしれないと思いました。だってふつうの猫は「乗り物」にのって旅をしたりしないと思います。死んだ生き物に「寄生」することも。

『事故で、それまで一緒だったからだが壊れて、死んでしまったの。新しいからだを探さなきゃいけなかった。「ここ」の生き物のからだが使えるかどうかわからなかったんだけど、試みてみるしかなかった。一生懸命、死体を探したの。急いで探さなきゃいけなかった。

ほんとうは、「この星」の猫じゃなくて、にんげんの死体だったら、にんげんになれていたんだけど』

丸子は、小雪にはよくわからないお話を続けました。

「この星」――この星ってどういう意味なのでしょう？　そういういい方ってお話の中の『宇宙人』みたい。

『でも、猫の死体しかなかったし、わたしはもう死にかけていて、他の死体を探している暇もなかったから、わたしは、猫と溶け合ったの。わたしはそうして、丸子になった。丸子の記憶と、丸子の感情を受け継いだ。それから、ずうっとこの家で、猫の丸子として生きているのよ』

『猫又じゃないの？』

『うん』

『でもしっぽが二本……』

『丸子になるとき、いままで「故郷」でしてきたのと同じように、壊れた細胞を直していったんだけど、しっぽのあたりが難しかったの。うまい感じにくっつかなくて。おばあちゃんが細かいことを気にしないひとで助かったわ』

丸子は猫の笑顔で微笑みました。

ふと、部屋の中が明るくなりました。

破れた障子の向こう、夜空が晴れて、そこから月がのぞいていました。

丸子は月を見上げるようにしました。

やがて、いいました。

『おばあちゃんのこと、大好きなの。わたし、「船」を直して、いつかまたどこかに旅していくつもりだったけど、もうこのまま、丸子として、おばあちゃんと一緒にいることにした』

わたしももうあんまり長生きできないと思うから、と静かな声でいいました。

『もともとこの星の生き物じゃないのに、無理して、猫になったから、やっぱりちょっとからだが苦しいんだ。おばあちゃんが元気なうちは、がんばってそばにいようと思うけど。それでわたしの旅は終わり。ここでもう、わたしの旅は終わりにすることにしたの。わたしはこの星の土になる』

小雪は首をかしげました。丸子の言葉は、やっぱりよくわからないけれど、むしろ全然わからないけれど、ひとつだけ、気がかりなことがありました。

『丸子さんは、おうちに帰らなくていいの?』

丸子は、うなずきました。

『帰るには、遠い遠いところだから。それにね、わたしが丸子になって、おばあちゃんのところに帰ってきたとき、雪が降る冬の夜にね、おばあちゃん、泣いて喜んで、「お帰りなさい」っていってくれたの。あの一言で、わたしはもういいんだ』

丸子は満足そうに喉を鳴らしました。

『優しい小さなおばあちゃんが、さみしいって泣かないですむのなら、わたしはそばにいてあげるの。そうしようと決めたんだ。家族が帰ってきたと喜んでくれるのなら。だってわたしはもう、自分の家に帰ることができないから』

よくわからないけど、わからないけれど、さみしい気持ちになって、小雪はうつむきました。丸子が明るい感じで、いいました。

『わたしね、こたつ大好きだわ。おばあちゃんと一緒にこたつに入って、窓越しに降る雪を見るのが大好きなの。しわくちゃの手で頭を撫でて貰って、おやつに煮干しを貰ったり。おばあちゃんの見るテレビの大相撲、一緒に力士を応援しながら見るの、大好きなんだ』

青白く光る目は、楽しげに細くなりました。

翌日、朝のまだ早いうちに、小雪は旅立ちました。おばあちゃんはまだ眠っていましたが、丸子に朝ご飯の代わりの煮干しを出して貰って、戸を開けて貰って、家を出たのです。

『おうちに無事に帰れますように』

丸子は二つに分かれたしっぽを振って、見送ってくれました。

『良い旅を』


冬の日差しの中を歩いていると、寒くても、元気が出ました。自分には帰るところがあって、帰れるんだから、頑張らなくちゃ、と思いました。

家の方角へと、まっすぐ歩いていたのですが、やがて、車道に戻ってきました。

車に轢かれないように気をつけながら、道の端を歩き出して、いくらも行かないうちに、聞き慣れた車のエンジンの音が聞こえてきました。知っているクラクションの音がします。

振り返ると、朝陽の中を、千草苑の小さなトラックが、茉莉亜が運転するお花屋さんの車が、後ろから走ってきていたのです。

トラックが止まりました。

助手席のドアが開いて、桂が転びそうになりながら、走ってきました。

小雪はボールが弾むように道路を駆けて、桂の胸元に飛び込みました。

「心配したよ。すっごく心配したんだよ」

桂は泣いていました。小雪は、とても久しぶりに、桂の涙を見たような気がしました。

後部座席から、りら子も降りてきて、

「うちの植木たちや、道路沿いの街路樹たちが、みんな小雪のことを心配してたんだよ。だから、噂を辿って、捜しに来たんだ。運送屋さんのトラックに乗ってきちゃったんだって。無茶だなあ、小雪は」

桂は小雪をぎゅっと抱きしめました。

「いいよもう、無事でいてくれたんだもん。ぼくもう、二度と小雪に会えないかと思った」

そうして、小雪は桂に抱きしめられたまま、お姫様のように、助手席に座って、懐かしい家に帰ったのでした。

ずっと泣いている桂の、その涙を舐めてやりながら、小雪はみんなにいろんなことが話したくて、でもみんなに通じる言葉では話せなくて、ただ、鳴き続けました。

『あのね、あのね、光る茸がたくさんはえた家があってね。そこに優しいおばあちゃんと不思議な猫がいたの。猫は、しっぽが二本あるんだけど、猫又じゃなくてね。でもなんだかすごい猫でね。こたつとテレビが好きで』

金色の目から、涙がこぼれ落ちました。

『とても優しい猫だったの』

「――小雪は一体何をにゃあにゃあ鳴いてるんだい？」

洟をすって、笑いながら、桂がいいました。頭を撫で、胸元に抱きしめながら。

小雪はその腕の中から、遠ざかる景色をみつめました。ここからはもう見えない森の中で、光る茸のはえた家で、おばあちゃんと猫は、暮らし続けるのでしょう。

毎日幸せに、お味噌汁を作り、テレビを見て、こたつに入って、夜にはお布団を敷いて。

怖い夢を見ないように、寄り添って眠って。

優しいくり返しが終わる、その時まで。

森には冬の朝の日差しが、静かに降りそそぎ、昨夜の名残の雪が、あちこちで、きらきらと輝いていました。

第三話　潮騒浪漫

一月のある夜。十一時を過ぎた頃。

りら子はひとり台所で、ミルクティーをいれていました。琺瑯《ほうろう》の鍋でじっくり作るミルクティーは、時間があるときか、気分を変えたいときくらいしか作りません。

いまはそのどちらでもありました。というか、この二年ほど、ずっとそうなのかも知れません。

お湯とミルクをあわせたものを沸かします。噴きこぼれないように、気をつけて。そばで見ていないと、ちょっと危ない。目を離したすきに、ふわりと沸いてしまうから。

今夜は寒いので、セーターの上にどてらを羽織っていても、たまに足下が冷えました。それでも、鍋の前にいると、指先まで血が巡るように暖まってきます。ミルクの香りが漂うのも良い感じで……。

（勉強しないと、ほんとに時間があるよね）

二年前の春に受験に失敗するまでは、いつも焦っていたような気がします。友達と遊んでいるときも、音楽を聴いているときも、さあ気分転換が終わったら、勉強しなきゃ、と。

(自分じゃそんなにガリ勉のつもりなかったんだけどなあ。勉強好きだと思ってたし)

いっそ、勉強は自分の趣味だとか、そんな風に思っていました。それは昔からの友人たちやクラスメート、学校の先生たちまでもそう考えていたところがあったようで。

(でも)

大学受験の年の冬。初詣《はつもうで》に行って、どうやらそこで風邪をもらって帰ってきてしまい、その時までは自分だけでなく、みんなが余裕で合格すると思っていた志望校を落ちたあと。まるでそれまで乗っていたレールを外れたように、自分がもう勉強をしたくない、少なくともいまは、当分の間は、と思っていることに気づいてしまったのでした。ゼンマイがほどけたというのか。ゴムが緩《ゆる》んだというのか。

(レールを降りてみたら、そこは雲雀《ひばり》が鳴くような、のどかな春の野原で)

(すぐにレールに戻るのじゃなく、ちょっと下でこのまま足を止めて、休んでみようかな、って気持ちになったんだ)

自分はどう生きていきたかったのか、夢は何だったのか、そもそもほんとうに志望する大学のその学部に進みたかったのか、ここで一度考えてみたい、と思ったのです。

コンロの火を止めて、ふだんより多めにお茶の葉を鍋に入れ、砂糖もついでに入れて、蓋《ふた》をしました。腕に巻いたスマートウォッチに話しかけ、「タイマー三分」と頼みます。

腕時計の形をしたウェアラブル端末は、静かにカウントダウンを始めました。

父親の草太郎《そうたろう》さんが、ある時ひょっこり買ってきたものでした。自分用に買ってきたのかな、と思ったら、はい、と渡してくれました。

「面白そうだな、と思って買ってみたんですが、お父さんはほら、昔に母さんから貰った、機械式の腕時計をつけてなきゃいけませんからね。他の時計をつけたりしたら、母さんに怒られちゃいますから。浮気しないで、って」

残念だなあ、と笑いながら、草太郎さんは、時計が入った箱を押しつけるようにして、自分の部屋に帰っていったのでした。

（気を遣ってくれてるんだろうなあ）

当分受験をしない、これからのことはひとりで考えたい、と、りら子がいいきったとき、草太郎さんは少しの間考えて、わかりました、とだけ答えました。怒るでもなく悲しむでもなく、無責任に励ますのでもなく、余計な助言をしようとするわけでもなく。

（なんか、かっこいいなあと思ったんだよね）

さすが、うちの父親、話せるなあ、と思ったりもしました。

けれど、自分の娘を信じよう、それがちゃんとした父親だ、と、自分に言い聞かせているような、そんな気負いがたまに伝わってくることもあります。賢くて凛とした父親のことが好きではありましたが、年齢よりも若く幼く見えることもあります。

そんなとき、りら子は密かに苦笑したり、仕方ないなあ、と思ったりするのでした。

苦々しく思うことがあるのは、肉親故に点が辛くなるのだろう、と幼なじみで、変わらず友人の野乃実《ののみ》から笑われたことがあります。彼女は英文科の学生になりました。

「りらちゃんのお父さん、素敵でかっこいいひとだよ。わたしはうらやましいけどなあ」

背も高いし、声も渋いし、客観的にいって、見た目だけは昔の映画スターのようにかっこいいのかもしれませんが、中身がオタク風味だったり、うちの中の誰よりも涙もろかったり、夏場はパンツ一枚でアイスキャンディーをくわえて家の中をうろうろしていたりすることを知っているりら子なので、「素敵でかっこいい」とまでは思えません。

(頭の中身が子どもなのもちょっとなあ)

下手なオヤジギャグを連発するのも、自分のギャグを自分で笑って、そのまま止まらなくなるのも、勘弁して欲しいと思います。

姉の茉莉亜《まりあ》はそつがないので、うまく褒《ほ》めて躱《かわ》しますし、弟の桂《けい》は本気で父親のだじゃれを喜んで笑い転げます。しょうがないなあ、と窘《たしな》めるのは祖父の木太郎《もくたろう》さんくらい。りら子はどうも、聞いていて苛々《いらいら》するばかりで、うまく反応できないのでした。

ミルクティーが良い感じに入った頃、弟の桂が、ひょこっと顔をのぞかせました。

「桂、まだ起きてたの？」

「うん。本読んでた」

足下には猫の小雪《こゆき》がいて、りら子の顔を見上げて、短く鳴きました。

「あんたたちは、ほんとにいつも一緒ね」

冷蔵庫からクリームチーズを出して、一かけ差し出すと、小雪は品良く手のひらから受け取って食べました。

「紅茶飲む？　飲んだら寝た方がいいよ」

「うん。そうするよ。ありがとう。明日も早起きしなきゃだもんね」

そう訊かれると思っていたのか、笑顔で答えたときには、桂はもう自分のマグカップを持っていました。

桂は公立の中学校に進学しました。成績がよかったので、小学校の先生には私立の進学校を勧められたのですが、「ぼく、いまも、それから中学校でも、勉強するよりたくさん本を読みたいんです」とあっさり断って、地元の中学に進んだのでした。中学校はやや遠くにあるので、早起きしなくてはならないのですが、朝が弱かったのが嘘のように、ひとりで起きて朝食を食べ、どうかすると家族の分まで作って、通学するようになりました。

小学校時代の仲良したちとは、学校が別になった子もいるのですが、いまも親友同士のようで、何かと連絡を取り合っているようです。

(見違えるように、成長したよなあ)

身長が伸びるのはこれからなのか、見た目はまだ小学生のようなところもあります。穏やかで優しい表情も変わりません。でも、いままで家族にかまわれ、かばわれて泣いてきたこの家の末っ子が、いつの間にか、みんなと並んでそこにいる、おとなの仲間になっていたような、いざというときは頼りになる仲間になっていたような——。

そんな感じがするのでした。

(何だかちょっとうらやましいというか)

りら子も小さい頃は、泣き虫の弱虫でした。たぶん、昔の桂と良い勝負というくらいに。でも幼稚園児の時に、お母さんが病気で死んで、そのとき、もう泣かないと約束したから。

(根性で強くなったところがあるんだよね)

泣かない、諦めない、いつも元気でまっすぐに。天国にいるお母さんを心配させないように。

(ひたすら勉強してたのも、その延長線上にあった努力だったのかもしれないな)

中学校から私立の進学校に進んで、理系を選んだのは、理数が好きだったからというのもあったけれど、勉強ができる子は理系に行くものだ、という自分の中の変な常識のせいだったような気もしていて。

志望校は都会の一流校で。まあ日本一の。

でも正直いって、

（未来の夢とか、どんな大人になりたいとか、そんな希望、何もなかったんだ）

そんなもの、まずは大学生になってから、ゆっくり決めてもいいんだ、合格することが大事だと自分も思っていたし、先生たちもそういっていたし。

（ジェットコースターみたいに勢いで、レールを突っ走ってたんだよね）

鍋でいれるミルクティーは、作っている間に、少しだけ優しい熱さに冷めていきます。桂に注いでやって、自分の分もお気に入りのマグカップに注いで、りら子は冬の台所で、立ったまま、ミルクティーを飲みました。

（これからどうしたもんだかなあ）

しばらくは、家の手伝いをするのもありだろうと思っていました。花屋にしてもカフェにしても、子どもの頃から手伝っていたし、お客様も顔馴染みですから、無理なことは全然ありませんし、楽しくもあります。おじいちゃんも茉莉亜も助かっているらしいのはわかります。でも、このままじゃいけないだろうと、みんなが考えているのも、わかっていました。

(このまま家にいたいといっても、たぶんみんな認めてくれるだろうけど)

それで生きてもいけるだろうけど。

(一度しかない人生、もったいないんだ、きっと)

自分では落ち着いているつもりでも、心の奥に焦りがありました。

けだるい甘みを嚙みしめながら、マグカップからふわりと立ち上る湯気を見ていると、

「ただいまぁ」

と、玄関から声がしました。

「おやおや、かわいい我が子たちよ。この寒いのに、まだ起きてたんですか?」

ぺたぺたとスリッパを鳴らしながら歩いてくる音が近づいてきます。珠暖簾を長身のその頭で鳴らして、ひょっこりと台所を覗き込んだのは、草太郎お父さんでした。

そういえば、今夜は職場で気軽な飲み会があるから遅くなると聞いていたな、と、りら子は思い出しました。小さなイベントが成功したので、その打ち上げでビールや簡単なおつまみで乾杯するとかいっていたような。

いい感じに酔っている草太郎さんは、常よりさらに明るい、能天気な笑顔で笑っています。いつもの大きな鞄《かばん》を提《さ》げて、ミュージカルスターのような大げさな仕草で、もう一度、

「ただいま」といいました。

桂と小雪が、「お父さん、お帰りなさい」「にゃああん」と、嬉しそうに答えます。

りら子が、お帰りを言いそびれていると、草太郎さんは当てが外れた、というような、しょぼんとした表情になりました。

「お父さんも、ミルクティー飲む？　もう冷めてると思うけど」

「ぜひ飲みたいですねぇ」

嬉しそうにお父さんはうなずきました。

一々オーバーアクションな、その仕草に苛つきを感じながら、りら子は食器棚からお父さんのマグカップを出し、紅茶を注いで、手渡しました。

お父さんはお礼をいって、マグカップを受け取り、味わいながら、ひょいとコンロの方を見ました。

「まだ味噌汁残ってますか？」

「残ってるよ」桂がひょいと蓋を開け、中を見て答えました。「ちょうど一人前くらいかな。今夜のは特に美味しかったよ」

いつも朝食と夕食には、茉莉亜がきっちりと出汁を取ったお味噌汁を作ります。

「ご飯もありますか？　今頃お腹空いてきちゃって」

「今頃食べたら、太っちゃうよ」

桂は笑いながら、コンロに火をつけました。食器棚から、草太郎さんのお茶椀とお箸を出して、テーブルに置きました。

てへへ、というように笑いながら、草太郎さんは、椅子に腰を下ろしながら、りら子に訊きました。

「今夜のお味噌汁のお味噌と具は何でしたか?」

「白味噌で、お豆腐と油揚とわかめ」

りら子は、ぶっきらぼうに答えました。

「出汁は?」

「昆布出汁」

「ほう」と、お父さんは何事か考えるようなまなざしをして、深くうなずきました。

「それは、多少太っても、いただかないわけにはいかないですね。昆布とあっては」

うんうん、と腕組みをしてうなずきます。

やがて、温まったお味噌汁とほかほかのご飯の前で「いただきます」と手を合わせたお父さんは、しばし無言で食事を楽しみ、やがて、ふと、いいました。

「実は、わたしはバイキングにあったことがあるんですよ。お父さんが、いまのりらちゃんよりちょっと年上の、学生時代のことでした。北欧の、とある国の沖にある、名も無き島でのことなんですけどね……」

「え？」

「ほんと？」

「にゃにゃ？」

三者三様の返事をした彼らを、草太郎さんは楽しげに見やり、満足そうにうなずきました。

桂が色の白い頬を赤くして訊きました。

「バイキングって、海賊だよね？　北欧の、船に乗って戦う。無敵で、すごく強いんだ。お父さん、海賊に会ったの？」

「はいはい」

「戦っちゃったりしたの？」

「いかにも」

「勝ったの？」

「そりゃもう、当然ですよ」

腕組みをして、笑顔でうなずきました。「仮にも花咲《はなさき》家の血を引くものが、海賊ごときに負けたりしません」

「お父さん、すごいね」

それほどでも、と草太郎さんは笑います。

「ばっかばかしい」

りら子は自分のカップを洗いながら、振り返りもせずにいいました。

「バイキングだなんて、いつの時代の話をしてるのよ。いまも海賊はいるけれど、北欧じゃなくて、もっと政情不安定な、ソマリアとかあっちの方の海でしょう？　タンカーがはるばると航行してゆくような辺りよね」

どうせ作り話だろうと思いました。

りら子が小さい頃、夜眠れないでいると、草太郎さんは枕元でお話を聞かせてくれました。大体はその時に思いついたお話で、りら子が主人公のファンタジーや冒険ものや。

その頃は、お父さんのお話はほんとうのお話のように思えたし、夢中になったなあ、なんてことを、水の冷たさを痛いように感じながら、りら子は思いました。

「でも、ほんとの話なんですよ」

ふふふ、と草太郎さんは笑いました。小さい頃に聞いたのと、同じ言葉、同じ声で。

洗い終えて、振り返ると、草太郎さんは微笑んでいました。

どこか謎めいた、少しだけ妖しい笑顔で。

「その話、聞きたくないですか？　自分でいうのもなんですが、花咲草太郎、一世一代の大冒険だったんです。こう、ハリウッド映画みたいな。北欧神話の女神の化身のような美少女も登場する、なかなか素敵な話で。

バイキングの若者相手に、大活躍の大立ち回りだったんですよ。一歩間違えれば、死んでしまっていたかも知れない。女神のような少女とは、あと少しでロマンスが芽生えたかも知れない、といまでも思っているんですが、このことは天国の母さんには内緒ですよ」

人差し指を唇に当てて笑いました。

りら子は、寒いから部屋に帰るね、と、意地悪にいってやろうかと思ったのですが、桂が椅子に腰を据えて、きらきらとしたまなざしで、草太郎さんを見上げていたので、ため息をついて、流しに寄りかかりました。

「あれは大冒険でしたよ、わたしには。きみたちゃおじいちゃんに比べて、植物と会話したり、操る力がぜんぜん負けてる父さんだけど、あのときだけは我ながらがんばったと思うんです。自分でいうのもなんですが、ヒーローみたいだったかもしれないなあなんて」

あれは大学四年の冬のことでした。研究室の先生が、北欧に、針葉樹とひととの関わり合いについて調べに行きたい、とおっしゃって、一緒に行く学生を募ったんです。旅費は先生が出してくれる、単位もくれる、その代わり、助手役と荷物持ちを頼む、みたいなね。

あの辺りには、大航海時代の頃から、針葉樹を切り出し、帆船を作っていた、そんな歴史がある。その辺の話を、現地の大学で調べたり、地元のひとにフィールドワーク的に聞いてみたいと先生はおっしゃった。

理系の研究から離れた、一種、民俗学や文化人類学的な方向に足を突っ込んだような研究で、面白そうだな、と思いました。それに北欧といえば、子どもの頃に読んで、好きだった本の舞台になっている国ですからね。『ニルスのふしぎな旅』のニルスの故郷です。オーロラも一度見てみたかった。で、父さん、志願して、その旅についていったんです。

北欧の国々をゆったりと回る、時間をかけた旅になりました。食べ物は美味しかったし、憧れのオーロラも初めて見ました。トナカイを飼っている村で、その背中に乗せて貰ったり、苔を食べさせたりするのは楽しかったですね。犬ぞりに乗せて貰ったりもしました。もうただの観光客みたいなもので。

楽しい旅でした。あの辺りは英語教育が盛んで英語が通じるので、会話には不自由しませんしね。治安も良かったし。通じるといえば、北欧の木々と会話したかったんですが、元がわたしの言葉はあまり植物たちに通じない。きみたちやおじいちゃんの言葉とは違ってね。なので、樅《もみ》の木に話しかけても、苔たちに話しかけても、無視されている感じでした。ちょっと寂しかったなあ。

それでもまあ、いい冬休みみたいな気分になってきていました。それでちょっと羽目を外したんでしょうねえ。ある日、スカンジナビア半島のとある川でボートを出して、川沿いの植物群を、海に向かって下りながら見て行こうという話になりました。ただでさえ寒い北欧なのに、吹く風が冷たい、凍えそうな日でした。空が重たい灰色に、どんよりと曇った、気が滅入るような午後でした。

そう、それで、ボートの話です。わたしは、教授と一緒に乗るはずだった立派なボートのそばに係留されていた、ひとまわり小さなボートに何となくひとりで乗ってしまったんですね。誰もこちらを見ていなかったときに。きみたちも知ってるように、父さんは乗り物が大好きです。船も当然好きでモーターボートの免許も持っているくらい。

子どもの頃遊びに行った遊園地の池に、小さなボートがあって、よく漕いで遊んだ、記憶の中にあった、そのボートに似てたんですよね。懐かしくてね。

ああいうのを魔が差す、っていうんでしょうね。オールを川に落として、にっちもさっちもいかなくなったんです。あっと思ったときには、下流に向けて流されていました。まずいことにどんどん天気が悪くなってきたんですねえ。曇っていた空から、みぞれ混じりの雨が降り出し、やがて雪になりました。風も強くなってきました。雨風の中で、焦りながら助けを求めて声を上げようとしても、岸からは遠ざかるばかり、わたしが流されていることに、誰も気づいてくれなかったようでした。昔のことだし、当時は学生でもあったので、スマートフォン登場以前です。携帯電話だって持っていませんでした。

冬のことです。川沿いの切りたった崖を見あげても誰の姿もありません。叫んでも誰にも声が届きません。周囲の常緑の木々や草たちがみぞれの中で葉をゆらしているだけでした。

下流に向かうにつれて水が増えていくせいもあって、ボートは海に向けて、木の葉のように押し流されていきました。その頃には、水に落ちないように、ボートにしがみついているのがやっとでしたよ。

降る雪に濡れ、真冬の凍るような川の水に濡れて、恐ろしさもあって疲れ果て。気がつくと、辺りは暗くなっていました。北欧は冬にはすぐに夜がくるんです。おまけに小さなボートが海に出ているということに気づいたんですね。その頃には雨風も止み、海は凪いでいましたが、陸地の灯ははるか遠くに、夜光虫が光る波のように見えました。無意識のうちに立ち上がろうとして、船がひっくり返りそうになって、慌ててしゃがみ込みました。全身が濡れていましたからね。意識が戻った途端に、信じがたいほどの寒さを感じました。寒さだけでなく、恐怖でもからだが震えました。このままでは、沖に流されてしまう、陸地に戻らなくては、と思いながらも、遠い街の灯火は、泳げる距離にあるとは思えませんでした。

何よりも、真冬の北欧です。日本でいうと、北海道くらいの寒い冬ですからね。ボートを離れて海水に浸かれば、泳ぐどころか、そう経たずに寒さで心臓が止まるだろうと思いました。実際、そのときにはボートにしがみつく手も痺れて感覚がなくなっていたんです。

そのまま、怖さと寒さで、気を失ったんでしょうね。意識を失う寸前に見た星空が、宝石のようにまばゆく、美しかったのを覚えています。

そのときは、きみたちのお母さん——子ども図書館の優しく元気な司書さんとはもう出会っていて、いいなぁと思っていて、でもそんな思いを伝える前でした。星の煌《きら》めきの中に、あのひとの瞳が見えるような気がして、切ないような懐かしいような、そんな気分になりながら、星空を見上げていましたっけね。

次に気がつくと、まわりはほんわかと明るい世界でした。まるで雲の中にいるような、真っ白なひんやりとしたところに寝そべっていたんです。

一瞬、ああこれは天国に来ちゃったかな、と思いましたね。でもそれにしては寒いなあ、と思いました。仮にも天国なら、もっとこう、あったかかったり、楽しかったり、幸せな場所なんじゃないかと思ったわけですよ。それが凍えて、歯が鳴るくらいに寒くて。

変だな、と思って身を起こそうとした途端、お父さんは、からだを丸めて、左足を引き寄せ、唸り声を上げました。

左足が千切れるほどに痛かったんです。無意識に痛いところにふれた手が、ぬるりと滑りました。生暖かい感触と、走った痛みで、すねの辺りに酷い怪我をしているということがわかりました。

その痛みのせいで、頭がはっきりしてきたのです。父さんはね、天国なんかじゃなく、どこかの浜辺に倒れていたんです。まわりが白くて明るいのは、どうやら海に立ちこめる朝の霧でした。夜が明けるところだったんです。

すぐそばに、壊れたボートがありました。ボートと父さんのそばには、牙のように尖った岩場があって、どうもボートはそこにぶつかって、そのまま打ち上げられたらしい。足の怪我ぐらいですんで、運が良かったんだな、と思いました。思いましたが、このままでは寒さと出血で死んでしまうだろうとも思いました。

こんなところに倒れていてはだめだ、もっと陸の方へ、乾いたところに行かなくては、と頭ではわかっていました。足の傷の様子を確認しなくては、血が止まっていないなら止血して——そう考えて、でも、かたつむり並みの速度でしか、動くことが出来なくて。

ああだめだ、満潮になったら、波に攫《さら》われてしまう。そうわかっていても、駄目でした。出血と疲れのせいでぼーっとしてきた視界に、そのとき金色の光が見えました。

霧が晴れ、朝陽がさしてきたんですね。そして、その光の中に、逆光になって、金色の長い髪をなびかせた、美しい女性の姿が見えたような気がしました。毛の長い大きな猫を二匹連れた、毛皮のマントをなびかせた娘。

背後に太陽を引き連れて、そこに登場したように見えました。朝の空からまさにいま、降り立ったような。胸元で黄金のネックレスが輝きました。

「女神だ……」

呟いたのを覚えています。

そのひとは光の中を歩み寄ってきました。ドレスのような長い衣装を朝の風になびかせて。二匹の猫と一緒に。そうして、わたしのそばにかがみ込み、何事か呟きました。

わたしはだいぶ意識が混濁していたので、思いついたそのままに、

『ああ、フレイヤだ』

といいました。

『北欧神話のフレイヤだ。だって、とても美しい。大きく立派な猫を連れている。見事な、

黄金のネックレスもつけている。ブリーシンガメンですね』

北欧神話の美の女神フレイヤは、大きな二匹の猫が引く戦車に乗って走るのです。そしてその美しい白い胸元には、魔法のネックレスが輝いているのです。

『面白いことをいう』

浜辺にひざをついたそのひとは、宝石のような青い瞳を輝かせ、笑いました。ゆったりとした、少しばかりたどたどしい感じの英語でいいました。

『東洋人か。おまえは誰だ。なぜ、こんなところにいる？』

逆光になっているのと、目を開けていられないほどの疲れのせいで、そのひとの表情ははっきりとは読み取れませんでした。

『なぜ……ええと、なぜなんでしょう？』

そのひとは、辺りを見回し、壊れたボートに目をとめて、

『あのボートできたのか。難破《なんぱ》したのか。ここにいるのは、おまえひとりか』

『はい、そうです。その通りです』

そのひとはそして、わたしの足を見て、美しいかたちの眉を顰《ひそ》めたようでした。

『どうしたのか。怪我をしたのか。東洋人よ。何でまた、ひとりであのような小さなボートに乗って、こんなところまでやってきたのだ』

事情を説明しようと思いつつも、お父さんはその段階で、力尽きました。お腹も空いていたし、その辺が体力の限界だったんですね。

次に気づいたときには、暖かな場所にいました。良い匂いをさせて薪ストーブが燃える小屋の、その床の敷物の上に寝かされていたんです。

ここはどこだ。何でこんなところにいるんだったっけ、とぼんやりと考えていたら、部屋のどこかにあったらしい扉が開く音がして、外から雪交じりの風が吹き込んできました。複数の重たい足音が近づいてきて、そして、無遠慮な感じで、若者の顔が二つ、こちらをのぞきこんできました。

美しい青い目でした。短い金髪が太い首のまわりにかかり、羽織った長い毛皮のチョッキがよく似合うその様子は、どこか人間離れして神々しかった。それと、バイキングのかぶとが似合いそうだと思いました。旅行中に、先生に連れて行って貰った、バイキング料理のレストランに飾ってあったかぶとや絵、船の模型を思い出したりしました。まるであのレストランの世界から飛び出してきて立体化したような若者たちで――そう、あのときわたしは、何かの魔法で、自分が時を超えて、バイキングの時代に迷いこんだのかなと思ったんです。目が眩《くら》むような、そんな気持ちで。物語みたいなことってほんとうにあるものだなあ、と思っていました。

それにしてもこの顔立ちは、たしかどこかで見たような——そのとき、もう一つ、その横に並んだ女性を見て、すぐに理解しました。

『ああ、あなたたちは豊穣の神、フレイですね。なるほどフレイヤとよく似ている』

わたしはへらへらと笑いました。美の女神フレイヤには、よく似たきょうだいフレイがいるのです。子どもの頃に、北欧神話の本で読んだから知っているんだ、と思いました。あれ、でもフレイヤの兄または弟はひとりじゃなかったっけ？　どうしてふたりいるんだろう？

混沌とした思考の中で、お父さんはひとり納得したり不思議がったりしていました。傷のせいなのか疲れのせいなのか、発熱しているのが自分でわかりました。

神話から出てきたようなふたりは、何事か知らない言葉で会話をしました。北欧のどこかの国の言葉なんだろうとわたしは思いました。それか神々の言葉。それにしても、ここはどこの国の海辺なんだろう。そもそも島なのか、スカンジナビア半島のどこかなのか。それすらもわかりません。どうやって、大学の先生のいるところまで帰ればいいのか。その前に何とかして、先生に連絡を取らなければ。ええと、こういうときは、たしか、日本領事館に……。

『すみません』わたしは身を起こそうとして、起こせず、仕方なくそのまま、朦朧とした声で、英語で、ふたりに話しかけました。

『わたしは日本から来た学生です。助けていただいてありがとうございました。ここはどこなんでしょう？　連絡を取って欲しいひとがいるんです。きっと今頃、心配して……なので、日本領事館に……』

三人は床を見下ろし、こちらを無表情なまなざしでみつめました。そう、下々のものを見るような目、というか、神々の目だなあ、とそのとき父さんは思ったんですよ。こちらの生命を好きなようにできる存在の目だと、どこか冷静に思いました。

『あの……連絡を』

三人は何も答えません。

返事を待つうちに、からだが震えてきました。あのときは、濡れた服が、嫌な感じに肌に貼りついて、気持ちが悪かったなあ。からだが冷えて、でも傷ついた足だけは燃えるように熱く、痛くて、父さんは、団子虫のように身を縮めました。

『寒い……』

呻《うめ》くと、後から来た若者のひとりが、むっとしたような顔をして、自分の着ていた毛皮のチョッキを脱ぎました。そして、乱暴にお父さんにかぶせてくれたんですよ。

あれはね、温かかったなあ。

おお、さすが神様、ぶっきらぼうでも優しいんだなあ、と父さんは思い、そのまま、また気絶しました。

それからのことは、夢うつつ、途切れ途切れに記憶があるんですよ。女神の猫たちがそばに寄り添って寝てくれて、湯たんぽみたいに温かかったなあ、とか。女神が何かのスープを飲ませてくれたけど、半分寝ていたので、こぼしてしまって申し訳なかったなあとか。でも美味しかったなあ、とか。甘い不思議な味がしました。

『飲むと痛くなくなる』

そういわれたとおりに、痛みが和らいで、魔法の薬のようだと思いましたね。で、やっぱり、これは女神だと納得したりね。『トリスタン・イズー物語』を連想したりもしました。

あとは熟睡とうたた寝の繰り返しで。合間合間に、不思議な歌声を聞いていました。海の方から、低い男声合唱のような、同じリズムと音程で続く、こう、ゆらゆらした感じの歌声がずっと響いていて。床に寝ていると、潮騒と一緒に、その歌声が聞こえるんです。

それと、扉が開くたびに、風に乗って、なんというのか不協和音のような……ガラスを砕き続けるような、そんな音をつないだような、ひどく悲しげな旋律が聞こえてました。寝ながら、何だろうと思っていましたね。何だろう、この音、と。海から聞こえる合唱の方は、聞いていてそんなに嫌な感じはしなかったんです。どこか演歌っぽいというか、体育会系というか、聞いていると元気になる感じもあって。

でもねえ、ガラスのような音の方は、聞いていると不安になるというか、悲しくなるというか、怖くて背筋が寒くなる、いやあな感じでしたねえ。だけど、どこか惹かれるんです。あの音の聞こえる方へ行きたい。するとこの痛みや、どうしようもない不安（難破したわけですからね）から逃れられるような気がしたんです。何もかも忘れられるような。

熱のせいか、痛みのせいか、感覚が鋭くなっているなあと、寝ながらぼんやりと感じていました。聴覚が鋭敏になっていて、謎の歌声の他にも、普通の風の音や、潮騒の音がうるさいほどにいつも聞こえていたんです。感情も不安定で、ふわふわした幸せな気持ちと、絶望的に不安で孤独な気持ちが交互に訪れていて、嵐の中の小舟のような落ち着かない気持ちを、自分でもてあましていましたね。

自分はこの傷のせいできっと死んでしまう、日本にも帰れず、誰にも知られないままで、人生を終えるのだ。なんて恐ろしい、恐ろしすぎて生きていけないから、もう死んでしまおう、とか考えて寝ながら泣いたり。

一方で、自分は不思議な魔法で、神々とバイキングが暮らす世界に流れ着いたのだ。一度死んで、ここに生まれたのかも知れない。物語の中の世界に生きることは昔から夢だった、よかったじゃないか、なんて考えて、ふわふわした気分を抱いて、くすくす笑ったり。で、感情のアップダウンを抱えたまま、床の上でうとうとしながら、何か変だ、と思っていました。自分はもう少し、良くも悪くも落ち着いた、精神的に安定した人間だったような気がする、と。

そんなことをぼんやりと考えながら、からだは疲れていたので、いつも思考は中断され、引きずり込まれるように眠りました。何回か、誰かの咳の音で起こされました。すぐそばで誰かがひどく咳き込んでいる。それが苦しそうで気がかりで、目が覚めるのですが、聞こえる方を振り返ろうとしては、力尽きてまた眠りに落ちるのでした。

どれくらい、その小屋にいたのか。時間の感覚がまるでなくなっていたので、わからないですね。ただ次に我に返ったときには、服が乾いていたので、それだけの時間が経ったんじゃないでしょうか。

謎の女神が、わたしを揺り動かして、起こしてくれたんです。

『東洋人。ひとつ質問がある』

低い声で、美しい顔をこちらに寄せて、聞いたのです。その吐息は甘く、あの痛み止めのスープと同じ香りがしました。言葉は、音楽のように、旋律がついて聞こえました。

『おまえは、もし生きながらえて、街に帰ることができたら、この小屋にいたことを秘密にできるか。そういう約束はできるか？』

何を訊いているのか、意味がとれませんでした。あきらかに高熱がありましたし、寝起きでしたしね。それと、不思議なふんわりした気持ちになっていて、それもあって、言葉の意味が理解できなかったんです。

彼女の金髪は暖炉の火を受けて輝き、ぼんやりとぶれる視界の中で、その頭上には、不思議な光の輪が見えました。

わたしは笑って、

『女神だと思ったら、天使だった』

といいました。すごく幸せな気持ちになって、笑いが止まらなくなりました。

と、女神がこちらの両肩を痛いほど掴み、いったんですよ。

『しっかりしろ、東洋人。わたしは、天使でも、女神でもない。

もう一度訊く。約束を守れるか』

『約束？』

『わたしも、わたしのきょうだいも、ここで何をしているのか、誰にも知られたくないのだ。東洋人、わたしたちきょうだいと、ここであったことを、内緒にできるか？』

『内緒？』

『内緒にできるなら、帰れるようにする。約束できないのなら、おまえは帰れない』

一方で、妙に幸せになっている気持ちの方は、ふわふわと、ああ、お伽話《とぎばなし》みたいだな、と、思っていました。そうだ、ここは神々の住む楽園だから、ここに迷いこんだということを誰にも話してはいけないんだ。セオリー通りだな、と。彼女は自分のことを女神でも天使でもないといいましたが、父さんの目にはその時、彼女の顔のまわりを飛び交う、妖精たちの姿が見えていました。物いいたげな、悲しげな表情の。

いままで、花咲家の血を引きながら、そういうものを見たことがなかったので、ついに妖精を見た、この小屋には花の妖精もいるのか、と、感動して涙ぐんだりしました。

甘い香りがする妖精たちに手を伸ばして戯れていると、

『しっかりしろ、東洋人』

女神はもう一度、叱るようにいいました。

そしてわたしを無理矢理、床から立たせると、耳元で、ささやくようにいったのです。

『急げ、逃げるんだ。いまなら、わたしのきょうだいたちはいない。みんな「山の小屋」に行って仕事をしている。

きょうだいは、東洋人が帰ることに反対だ。街に帰ったおまえの言葉から、ここのことがひとに知れてしまうかもしれないからだ』

『誰にもいうつもりは……お伽話だと、内緒の約束を破ると祟りがあるとしってますよ』

『その方がいい』

女神は低い声でいいました。『おまえ、ここを逃げないと、死ぬことになるから。けれど、わたしが逃がしてやる。助けてやるから、ここのことは誰にも話してはいけない。いいな。忘れるんだ』

その一言を聞いたとき、急に、我に返ったのです。頭の奥の冷静な部分が、そのときぱちんと目を覚ましてね。どうやら自分はいてはいけない、危ないところにきてしまっていたんじゃないか、と気づきました。——お伽話的な意味でなく。

なぜこの女神のようなひととそのきょうだいは、領事館に連絡してくれないんだろう、と、今更のように思ったんですよ。普通、見慣れない外国人が酷い怪我をしているのを見つけたら、どうするか。もし何かの理由で領事館や大使館あたりに連絡を取るのは面倒だったとしても、少なくとも地元の病院や警察に連絡をしてくれそうなものだと思ったんです。

わたしを浜辺にほったらかしにせず、こうして家においてくれたのは、ありがたいことだったかも知れませんが、けれどもろくに怪我の手当てもせず（正体不明の甘いスープを飲んで以来、不思議と痛みは感じなくなっていましたが）、怪我人を、ただ床に転がしておくというのは、変じゃないか？　おそらくは誰にも――迷いこんだ異国の人間である、このわたしの存在を知らせないいままで。

女神は静かにいいました。早口に。でも、語りきかせるように。

『この小屋を出て、森を抜けて、浜辺の方にまっすぐに行けば、右手に小屋がある。そこにあるボートで、おまえはこの島を出るんだ。モーターボートだ。おまえにやろう。東洋人、おまえは、モーターボートに乗ることが、できるか』

ボートの免許は持っていました。ええ、持っていましたとも。でも。

『陸地の方角が、わからないかも……』

女神は肩をすくめるような仕草をしました。

『運が良ければ助かるだろう。でも。ここにこのままいれば、おそらくは助からないだろう。どちらがいいか』

わたしときょうだいは、悪い人間だ』

ひんやりとした声でした。『悪い人間だけれど、人殺しは、したくないと思っている。いまはまだ、思っている。わたしもきょうだいも、まだそれをしたことがないからだ。

でも、これから先はわからない』

加速度的に目が覚めてきていました。自分の心臓の音が耳に聞こえそうな静けさの中で、目の前にいる女神は、汚れた窓から射し込む日差しに照らされたその顔は、最初に見たときそう思ったほど、美しくはないということに気づきました。

目の下には不健康なくまがあり、白い肌も長い金髪も、乾いてかさかさとしています。そして、自分よりも年上の神々しい女性のような気さえしていたのに、いま目の前にいるのは、背ばかり高く痩せた、まだティーンエイジャーであるだろう女の子だったのです。

胸元に飾られたネックレス、浜辺で夜明けに見たときは、魔法の黄金のネックレスだと思えたそれは、剝げかけたメッキの、見るからに安物の、古いものでした。毛皮のマントの下に、ほっそりしたドレスのように丈の長い服を着ていると思っていたのですが、毛皮は何の毛なのかぼさぼさの質の悪そうなもの、ドレスは色褪せ、たるんだ、古着のようなワンピースでしかありませんでした。

さっきまで、彼女の周囲に見えていた妖精たちは、もうどこにもいなくて、彼女の金色の髪を照らして輝いていた天使の光の冠は、どこにもありませんでした。彼女の話す言葉に音階はなく、それは、英語を話すことに不慣れな、おそらくは何らかの事情で、学ぶ機会のなかっただろう田舎の少女の、途切れ途切れの言葉でしかなかったのです。

『道を急げ、東洋人よ』

彼女は、扉を開けました。外にはたそがれが近い空の黄金色の光が満ちていました。大きな猫二匹を従え、その中にたたずむ彼女の姿は、遠目に見ればいまだに女神のように見えなくもなかったのですが、一度そう気づいてしまえば、不健康に痩せた、がりがりの若い娘でしかありませんでした。

『さあ、行きなさい』

けれどその声は、凛としていました。

荒れて痩せた指で、まがい物の金の指輪が光る指で、海を指して、

『まっすぐにあの海を目指すのだ。おまえは、山の方へ行ってはいけない。絶対に。急げ。もう山からきょうだいが帰ってくる』

わたしは礼をいい、急ぎ足で行こうとしました。左足は相変わらず痛みましたが、痛みをこらえることも、歩くこともできました。

その傷はとても深く、筋肉まで見えていて、ほとんど手当ても受けていないようなのに、よく血が止まったなあとぞっとするようなありさまだったのですが。むしろこれだけの傷で、なんでこんなに痛みを辛く感じないのだろう、これはおかしい、と、理性が警鐘を鳴らしました。

そのときには、頭のどこかで、自分が飲まされた甘いスープの正体について考え始めていたのです。妙に聴覚が鋭敏になっていたことや、感情のアップダウンが変に激しかったことについても。

山できょうだいが仕事をしているといった。その「仕事」とは何なのだろう？　なぜ自分は、ここにいてはいけないのだろう。ここにいると命が危ないのだろう。でもとりあえず、いまはボート小屋に行こうと思いました。優しい彼女のためにも。

わたしは彼女に礼をいいました。痩せた少女の青い瞳は、ほっとしたような、柔和な光をたたえて、わたしをみつめました。はにかんだような笑みが、浮かびました。

悪人の表情には見えませんでした。それをいうなら、彼女のきょうだいは、自分の着ていた毛皮のチョッキを、わたしに貸してくれたのです。あの温かさは忘れられないと思いました。

わたしは立ち去りかけて、ふと、振り返り、彼女に訊ねました。

『わたしをどうして助けてくれるのですか？』

『わからない』彼女は笑いました。

『美しいといわれたのが嬉しかったのかも知れない。女神だとか。子どもの頃から、一度も、誰からも、そんなことといわれたことがなかった』

そう笑う彼女は、けっして女神のように美しくはなく、けれど、年齢相応の、愛らしい少女だとわたしは思いました。北欧の空と海、森が似合う、かわいらしく、そして、勇気ある優しい少女だと。

『東洋人』

『日本人ですよ』

『日本人、元気で』

彼女は笑顔で、でも寂しげで、幼くも見えました。何を思うのか、こちらをじっと見るうちに、ふいにひどく咳き込みました。わたしが引き返そうとすると、手を振って、行け、といいました。背を向けて、猫たちとともに、小屋に帰っていきました。

わたしは彼女の背中に手を振って、急ぎ足で森の中に入り、海へと向かいました。

向かうと見せかけて、海へは行かず、彼女がいっていた、「山」へと足を向けました。

なぜって、小屋を出てからというもの、あの魅惑的な不協和音が、父さんを呼んでいたからです。一方で、海から聞こえる大合唱も気になりましたが、まずは山だと思いました。その正体がもし、推測されるどおりのものだとしたら、確認しておきたいと思ったのです。

森の中を歩くとき、針葉樹たちが父さんにそっと手を貸し、支えてくれるのを感じました。いつもの父さんの持つ弱い力なら、たぶん感じるのが無理だったくらいの応援でした。レーダーを張り巡らせるように鋭敏になった感覚で、父さんは、不協和音が聞こえる方向を探しました。緑たちがそれを助けてくれました。

いくらも行かないうちに、それは見つかりました。ぶかっこうな形の小屋があり、換気用の煙突から、ストーブの薪が燃える匂いと、独特の甘い香りが漂っていたのです。

そっと窓を覗き込む頃には、そこに見えるものが何か、確信していました。温室のように窓の大きなその小屋の中には、大麻草が栽培され、干されていたんです。ええ、マリファナの元になるあの植物ですね。彼女のふたりのきょうだいたちが、まさにいま、大麻草の世話をしているところでした。それが彼らの「仕事」だったんですね。

つまり、彼らは、ここで、辺りに人気のなさそうな森の奥の小屋で、密かに大麻草を育て、干して、マリファナを作っていたんです。自分たちが使うために作ったのか、売るためにそうしていたのか、そこまではわかりません。まだ子どものような彼らが、何を思い、どういうわけで、そんな生活をしていたのか、それはわかりません。ただ、どちらにしろ、どの国にせよ、一般の人間が大麻草を栽培するのは犯罪、重い罪です。現在は若干変わってきつつありますが、少なくともその頃はそういう国が多かった。それならば秘密にしたいだろう、なるほどね、と父さんは思いました。

大麻草たちは、悲しげな響きの、人間の耳には聞こえない歌声を上げ続けていました。ガラス細工が砕けるような、そんな音が耳の奥でうるさいほど鳴り響きました。鋭敏になった耳の奥で。いつもの父さんなら、聞こえなかったかも知れない、大きな音で。そのとき限定でね。

そのときの父さんは、鋭い聴覚と、いろんな感覚を備えていました。そのとき悲しげな表情の妖精の幻さえ見ました。大麻草のせいでした。

父さんは、植物学を学ぶ学生でしたし、家業は代々園芸に関わり、ついでにいうと活字マニアでもオタクでもありますから、大麻草についての知識はありました。もちろん、我が身に使ったことはありませんでしたけどね。――あの時までは。

マリファナは、人間の精神に作用し、痛みを感じなくさせる力を持ちます。あの女神のような娘は、苦しんでいたわたしを救うために、マリファナをスープに混ぜて飲ませたのでしょう。あの小屋には他に痛みを止めるための薬がなかったのかも知れない。そして彼らはわたしを医者に連れて行くわけにいかなかったのでしょう。わざわざ担ぎ込むには、人里まで遠かったのかも知れないし、そうしたところで、わたしがあの浜辺で見つかったという話は出来ないと判断したのだろうと思います。そんなことをすれば、どこかで大麻草の栽培のことが、ばれてしまうかも知れないと恐れたのでしょう。

痛みに呻く見知らぬ旅人だったわたしに、大麻草入りのスープを飲ませることは、彼女の出来る、たったひとつのことだったのかも知れません。そのおかげでわたしは痛みを忘れましたが、代わりに、疲れと熱のせいもあってか、感情が恐ろしく不安定になった。まともな思考からも遠ざかった。

そして大麻草は、五感を異常に鋭くします。その力で、わたしはふだんのわたしなら聞こえないはずの、大麻草たちの声を聴き、妖精の姿を見たのでした。

大麻草たちは、悲しそうでした。窓の向こうから、もう枯れたい枯れてしまいたい、と訴えかけました。こんなところで暮らしたくない、息苦しい、外に出たい、と。

わかった、と、わたしは心で答えました。

そうして、窓に背を向けようとしました。行かなくては。

ボートに乗り、何とかして、一刻も早く、教授のところに帰って、助けを求めようと思いました。先生を通して、この国の（ここが北欧のどこかはわかりませんが）警察に自分が見たものの話をしようと。

彼ら彼女らに、どんな事情があるかはわからない。子どもだとしても、重い罪に問われるのかも知れない。ただ、少しでも年長のものとして、また植物の心がわかる花咲家の一員として、このままにしておくわけにはいかないと思いました。

彼女の、甘い吐息と、繰り返していた咳も気がかりでした。彼女自身がマリファナを常用していて、それ故のことのような気がしたのです。あのきょうだいは、まだいまなら更生出来る、そう信じたいと思いました。が。

痛みを忘れがちだといっても、やはり重傷ではありました。熱も高く、いつものような体力もありませんでした。血も失っていたでしょう。

わたしの足はよろけ、小屋の外に転がっていた枯れ枝を踏んで、鋭い音を立てました。


「それからどうなったかって?」

草太郎さんは、ふふ、と笑いました。

「小屋の中から、若者たちが飛び出してきてですね。森の中を鬼ごっこですよ。で、あれはとっさに掴んだんでしょうかねえ。ふたりのきょうだいは、斧なんか持って追いかけてきてくれまして。たぶん薪ストーブ用の、薪を作るためのものだったんでしょうね。物騒だなあ、と思いながら、必死になって走りました。で、それがね」

草太郎さんは思い出し笑いをしました。

「すごくよく似合ってて、さすが、バイキングの子孫、斧持つ姿が絵になるなあ、なあんて、他人事みたいに思いながら、笑いながら逃げました。

たぶん、他人事だとでも思わないと、怖くて卒倒しそうだったからでしょうね。ほら、父さん、ちょっとだけ繊細なものだから」

桂は小雪を抱きしめたまま、青ざめて、心配そうな顔をして、食い入るように父親の顔を見つめていました。

りら子は、半分背中を向けるような様子で、買い置きのクッキーの缶を開け、ぽりぽりとつまみながら聞いていました。

桂が震える声で訊きました。

「それで、それでどうなったの？　父さん、足を怪我してたんでしょう？　無事に逃げられたの？」

「あんたねえ」呆れたように、りら子がいいました。「父さんは、いま無事にここにいて、そのときの話をしてるんだから、助かったに決まってるじゃない。もしいまの話が、父さんの作り話じゃなく、実話だったとしてもね」

桂の表情が、明るくなりました。

「あ、そうか。そうだね。よかったあ」

草太郎さんは、うんうん、と頷きました。

「まあそれまでも、これから先も、あんなふうに、一生懸命走ることはないと思いますよ。

魂が口から飛び出るかと思いましたよ。

いったん塞がっていたはずの足の怪我はそのうち開いて、新しい血が流れ始めましたしね。森の植物たちが気を利かせて、あのバイキングみたいな少年たちの足を、根や枝で引っかけたりして、いい感じに減速させてくれなかったら、ちょっとまずかったでしょうね。いまここにいなかったかも、と思います」

静かな口調で、草太郎さんはいいました。

「いまも思うんですよ。あそこで捕まらなくて良かったってね。わたしはもう少しで、彼らを——自分を救ってくれた子どもたちを、犯罪者にするところだったんです。何かの弾みで、そうなっていたとしてもおかしくはなかった。彼らはおそらくは麻薬依存性患者だったわけですからね。一線は越えやすかったろうと思います。ひととして越えてはいけないラインをね」

草太郎さんは息をつき、笑顔に戻ると、

「胸が破れそうになるほどあえぎながら、わたしは浜辺に辿り着きました。その頃には、夕方の薄青い闇が、空から満ちてこようとしていました。北欧の空は果てしなく広く、なんて美しいんだろう、と、わたしは思いました。視界の端に、少女がいっていた小屋を認め、ああ、あそこにボートがあるんだ、と思い、そちらに向かおうとしました。

が、そのときにはわたしの体力はつきようとしていて、もはや走るのは難しく、濡れた砂に足を取られて、倒れそうになりながら、一歩一歩歩くのがやっとの有様でした。焦りましたね。ここで帰れないと、自分もまずいけれど、子どもたちが——あの金髪の少女が救えない、大麻草たちも悲しそうに歌い続けることになる。

あの小屋にさえ、辿り着けば。モーターボートのそばまで。

でも、そのとき、わたしは自分に近づいてくる足音に気づきました。そう、斧を振り上げた、バイキングのようなきょうだいふたりが、砂を蹴散らすようにして駆け寄ってこようとしていたんです。

波打ち際の近くで、わたしは倒れました。氷のような冷たい海水を浴びて、もう駄目だ、と思いました。ここは森からは遠く、植物の助けを期待することはできません。

足音が砂浜を振動させながら近づいてくるのを、敏感になった聴覚が捉えました。近づいてくる、近づいてくる。ああほんとうにこれは、もう駄目だ、と思ったとき、自分のあえぐ呼吸の音と一緒に、いままでずっと聞こえていた歌声が、耳の奥に大きく響くのに気づいたんです。

海の中から聞こえてくる、楽しげな、低い声の、どこかゆらゆらした感じの大合唱。わたしを力づけようとするように、響く声。

どこか懐かしい、演歌のような旋律。

『おおいいいい』

『おおおおおおおいいいいいいい』

『力を貸してやろうじゃないかあああい、旅の兄ちゃあああああん。何だか、魔法の匂いがする、そこのお兄ちゃんようううう』

声は朗々とうたいました。こぶしが効いた感じで。

『俺たちは義理と人情と、かっこいいことが大好きなんでねえええええ。困った旅人はほうっておけねえよおお』

『だよなあああああ』

『そうだよなあああああ』

父さんは、海に向けて、叫びました。

沖にいる、『彼ら』に向かって。

『助けて、助けてください』と。——そして、波の中から、『彼ら』は立ち上がったんだ」

草太郎さんは、りら子と桂を振り返り、にやりと笑いました。眼鏡の奥の目を、きらりと輝かせて。

「何が起きたと思う？」

「わかった」と、桂が手を挙げました。

「昆布。昆布が助けてくれたんでしょう？　スカンジナビア半島の辺りでも昆布は採れるって、ぼく、本で読んだことがあるもの」

その通り、と草太郎さんはうなずきました。

「花咲家の血を引く者が願うとき、植物たちは本来持っている、偉大なる魔法の力を使うことができますからね。それは陸上の植物だけでなく、海の中、昆布たちも同じだったんです。普段なら、わたしの力ではそこまで昆布たちも動けなかったかも知れない。けれどあのときのわたしは必死でした。昆布たちも、その祈りに精一杯答えてくれたんですね。沖からずるずると立ち上がった昆布の群れは、浜辺へと押し寄せ、斧を持つきょうだいたちを捕らえ、ぐるぐる巻きにしてくれました。

たとえ斧を持っていようと、義に燃えた昆布は大量にいましたし、突如伝説のサルガッソー海がそこに出現したようなものですから、人間ふたりくらいじゃどうしようもなかったんです。そもそも、あり得ないことを見て、彼ら、怯えていましたしね。——怯えてしまったというのは、二重の意味があって、実際に迫る昆布の群れに怖さを感じもしたでしょうし、自分たちの認知が歪んで、本来あり得ないものを、幻覚を見てるんじゃないかと、そんな恐怖もあったんでしょうね。彼らもマリファナを常用していたでしょうから」

桂はふうっとため息をついて、うなずきました。

「父さん、そして、そしてどうなったの？」

「あの少女がいったように、海辺の小屋にモーターボートはありました。で、わたしはボートを海に出し、あとは昆布たちに助力を頼んで、ひとの街がある浜辺まで、連れて行って貰ったんです。夜の暗闇に紛れてね。ひとを驚かしちゃいけませんからね。

そうして、連れて行かれたのは、川に流された、あの場所からはずいぶん遠い街でした。お礼をいって昆布たちと別れて、深夜の街を凍えそうになりながら、よろよろと領事館を探して。教授に連絡を取って貰って。

でまあ、あれこれあって。先生は花咲家の力について理解があるひとだったので、相談に乗ってくれましてね。結果的に、先生に間に立って貰って、あの子どもたちのことを警察にうまい具合に伝えて貰うことができました。先生がいなかったら、説明が難しかったでしょうねえ。大麻草による認知の歪みで片付けられそうな冒険譚でしたから。わたしは下手したら、その国から当分帰して貰えなくなっていたかも知れません。

帰りの飛行機に乗る日が迫っていたし、体力と気力もそこまでで尽きたので、その後のことは聞かず、帰国しました。あとで先生が現地のひとから聞いた話では、あの森の奥の小屋の大麻草たちは燃やされ、子どもたちは、みな捕まった、そうです。少年も少女も、どこかほっとしたようだったと、そんな話も聞きました」

草太郎さんは、遠い目をしました。

「あの子たちは、いまどうしてるんでしょうね。みんなおとなになっているはずです。幸せなおとなになれているかなあ。

どこからきて、なぜあの森の奥で、子どもたちだけで暮らしていたのか。いまとなっては、何もわかりませんね。調べずに、忘れてしまうことが正解だとも思います。ただ、あの女神のようだった少女は、きっと美しい女性になったと、そう信じていますよ。誰が見ても、美しいといいたくなる、そんな女性にね」

なあんて、と、草太郎さんは笑いました。

「お伽話みたいな話ですけど、りらちゃんは信じましたか？」

りら子は、ぬるくなったミルクティーの最後の一口を飲み干し、渋い顔をしました。

「さあねえ。父さんは何しろ作り話がうまいひとだから」

「ふふふ。少しは気が晴れましたか？」

眼鏡の奥の目が優しく笑います。

「ほら、やっぱり作り話だったんだ」

桂が「え、そうなの」と驚きました。

草太郎さんは笑います。

「さてどうでしょうねえ」といって、味噌汁の茶椀を持って立ち上がりました。

「まだあるならおかわりしましょうかねえ。昆布の出汁、大好きなんですよ。あれ以来、昆布には頭が上がらないというか。恩人みたいなものですし」

りら子は、コンロに火をつけました。

「恩人とかいいつつ、お味噌汁は美味しくいただいちゃうんだ」

「それはそれ、これはこれ、といいますか」

桂が笑顔で、いいました。

「お父さん、実話でもそうじゃなくても、すっごく面白かったよ」

りら子は、口の中で、まあわりとね、と呟きました。作り話、年々うまくなるよね、といおうとして、ふと、思い出しました。

そういえば、草太郎さんの左足には、古くて大きな傷跡があったような気がするのです。若い頃、学生時代に、外国でした怪我だと聞いたことがあったような。

確かめたいと思いましたが、いまは冬。草太郎さんの左足のその足下は、ズボンと靴下でしっかり隠されています。

（足を見せて、って頼むのも、何だかしゃくに障るなあ）

その視線に気づいたのでしょう。草太郎さんがにっこりとりら子の方を見つめているのと目が合いました。

「面白かったでしょう?」

りら子は何も答えずに、肩をそびやかし、席を立ちました。でもその口元がついほころんでしまって、それを気取られないように、手で隠しながら、足早に部屋に帰ったのでした。

第四話　鎮守の森

早朝の空は、灰色のダイヤモンドのように、厚い雲の合間に春の光を隠しているように見えて、たまに吹きすぎる風にはかすかに南の国の匂いがしました。

街路樹も、駅のそばに植えられた植物たちも、りら子の耳たぶをくすぐるような声で、楽しげにささやき交わします。

『ねえ』

『春が』

『春が近いよ』

その声に送られるようにして、りら子は旅だったのでした。

目的のその町までは、陸路でおよそ半日ほどの、長い旅になりそうでした。早朝に出発して、何回も乗り換えて、りら子は旅しました。

父親の草太郎《そうたろう》さんに、ずっと前、その町の名を聞いた、朧気《おぼろげ》なその記憶だけを頼りに、ふらりと出かけることにした、気まぐれな旅でした。

朝食は、電車の中ですませました。桂《けい》がついでがあったから、と作ってくれたサンドイッチ（彩りの良いミックスサンドに、魔法瓶に入れた熱い紅茶まで添えてありました）に手を合わせて美味しくいただき、昼食は途中の駅で降りて、駅弁を買いました。山椒《さんしょう》の葉が飾られ、唐揚げが添えられた、鶏の炊き込みご飯で、お砂糖がやや甘いものの、なかなかの味でした。急ぎの旅ではないし、りら子には時間はいくらでもありますから、のんびりしたものでした。

車窓の景色を楽しみながら、揺られながらの長い旅は、気がつけば初めての経験でした。接客業の家の子だったので、家族旅行は経験したことがなかったし、友達同士の旅行でもこんなに遠くまで来たことはありませんでした。

（ああ、修学旅行で、もっと遠くへ行ったことはあったかな。飛行機に乗って）

でも不思議なもので、陸路での長い旅は、もっと短い時間で移動出来てしまう飛行機の旅よりも、遠くへ移動するような気がするのでした。遠い遠い世界へ向かう旅のような。

（異世界や、時の彼方に行くみたい）

こんな旅もたまにはいいなあ、と思いました。暖房の暖かさにうとうとしながら、ひんやりと冷たい窓に寄りかかり、外を見ます。

旅している間は、迷っていることも悩んでいることも、忘れていられるようでした。ただ車窓を見つめ、目的地に向かう電車と一心同体になって、揺られていればいいのです。

窓の外には、田畑が広がり、森や林があり、知らない街や村が続きます。家々の庭には洗濯物が干してあり、小さな犬小屋に犬がいたり、三輪車やブランコが置いてあったりします。踏切の音が近づき、遠ざかって行きます。

電車の中から見る世界には、ひとの生活の気配はあっても、不思議とひとの姿は無く、誰もいない世界を旅しているようでした。

りら子の耳には、線路沿いに茂る緑たちのささやく声やうたう声、何かをずっと語り続ける声が聞こえ続けていたので、さみしいということはありませんでしたが、ひとのいない世界、誰とも会話しなくていい世界というのも、久しぶりだな、と思いました。

各駅停車の電車は、いくつものトンネルをくぐりました。小さな山と森の中をゆっくりと走って行きます。そのうち、進行方向が明るくなったと思ったら、目の前に光が溢《あふ》れました。空と、輝く海が広がっていたのです。冬の海は、白く見える空の輝きを映し、まるで竜の鱗のようにさざ波を作りながら、一面に淡い光を放っていました。

鴎《かもめ》たちが空と海の間を縫うように舞い、ひらりと飛んでいました。

線路は海沿いに、海面ぎりぎりのように走り、まるで海の上を走っているようでした。

そしてやがて、前方に、地平に広がるように、緑色のこんもりとした雲のようなものが見えてきました。

楠《くす》でした。樹齢は一体何百年になるのでしょう。大きな大きな楠の群れが、ひとつの低い山を包み込むようにして、根を張り、枝と葉を茂らせているのでした。

「うわあ、これはほんとに大きいなあ」

りら子は呟きました。降りる準備をしながら、窓の外の次第に近づく巨木たちから目が離せません。

まだ聞こえないはずの葉擦れの音を聞き、樟脳《しょうのう》のつんとした、どこか神聖な匂いを感じるのは、花咲《はなさき》家の血の故なのでしょう。

たくさんの子どもたちがうたうような声が聞こえます。いつだったかのクリスマスに聞いた、カソリックの聖歌のような旋律《せんりつ》でした。楠たちがうたう声でした。歌声とともに近づいてくる緑に吸い込まれるように思ってしまうのは、あの楠がどういうものなのか、草太郎さんに聞いていたからかも知れません。

「着いた、楠《くす》の葉《は》駅」

りら子は、駅に降り立ちました。樟脳の匂いと、砂を巻き込んだ風が、りら子を包み込みました。他に降りる客はなく、古い小さな電車は、静かに山のそばを離れ、また海の方へと緩やかに曲がっていきました。

その名前の通り、楠のおいしげる山の中にある小さな駅は無人駅、近くに商店街はあるようでしたが、壁に錆びた昭和の金属製の看板がかかっていたりして、時が止まった町に見えました。ひとけがないせいもあって、よけいにそう見えたのかも知れません。

「この山の向こうに、もう少し大きな商店街があるんだよね」

楠の緑で覆われた、低く緩やかな山を越えると、海と小さな漁港があり、そこには学校や銀行もある、古い町があったと草太郎さんはいっていました。もうずっと昔、若い頃に一度行っただけだけれど、いまも変わらないだろう、と。

出発前に、りら子がスマートフォンでざっと調べた感じでも、たしかに町があるようでした。検索しているうちに辿り着いた、どこかの旅人が書き記したブログで、遠い昔は、そこは楠の葉村と呼ばれていた漁村で、先祖代々、この山を神様として奉《たてまつ》るひとびとが住んでいるという記述を読みました。

「山の向こうの町は、楠の葉町っていったっけ。時間があったら、あとで寄ってみようかな」

花咲家の、遠い遠い親戚が、住んでいるかも知れない町なのでした。あくまでもかも知れない、という話なのですが。

（それに……）

もしそのひとたちがその町にいて、会うことができたとしても、おそらくはそのひとたちの方が、りら子に対して、懐《なつ》かしさや共感を覚える可能性は少ないだろうと、そんな予感はありました。

植物と心を通わせ合い、その魔法の力を解き放つことができる花咲家の血は、その住む場所が本家から遠ざかるごとに薄くなります。先祖代々住んでいるという風早《かざはや》の地を物理的に遠ざかり、そこで長く暮らすうちに薄くなるともいわれます。

その不思議な能力が何に由来するものなのか、その力は祝福なのかはたまた呪いなのか、花咲家の一族の誰もおそらくは知りません。少なくとも、いま現在「本家」と呼ばれる、りら子の家のひとびとは知りませんでした。

ただ風早からすると遠い地の果てにあるとも思えるこの楠の葉の辺りにもし遠い親戚がいるとすれば、それはもう「普通」のひとびとであり、またおそらくは自分たちの一族が何者かによって与えられた力のことも宿命も知らないひとびとなのだろうと想像出来るのでした。

緑と会話出来ると話せば、何を童話みたいなことを、と笑われてしまうような。

(ちょっと会ってみたくはあるんだけど)

一度も会ったことのないひとびとですが、もしそこにいるのなら、会ってみたいなあ、とはやはり思います。どんな暮らしをしているのでしょう。

（父さんは、昔、会いに行かなかった、探してみようとはしなかったって、いってたけど）

（わたしは、どうしようかな？）

でも、今日の旅の目的地は、その町ではなく、ある意味、この山そのものでした。昔、草太郎さんがそうだったというように。草太郎さんの父親にして、りら子の祖父、木太郎《もくたろう》さんにこの山の話を聞いた草太郎さんは、学生時代に、この山を訪ねたのだといいます。

「行ってよかったと思ってるよ」

どうよかったのかは話さず、ただ草太郎さんは、その山が何か、それだけ教えてくれたのでした。

冬の風は楠の葉を鳴らして通り過ぎ、りら子は昔おばあちゃんが編んでくれたマフラーを巻き直して、その山を見上げました。

その山には、ふもとに赤い鳥居があり、山全体に茂っている楠の幹には、しめ縄と御幣《ごへい》が飾ってありました。

ここは、鎮守の森なのです。この辺りを守護する神様の森。楠は神様の木なのでした。

鳥居をくぐって、両端に木の手すりのついた、山を越える道がありました。駅から海のそばの楠の葉町に抜ける古くからの道なのでした。街灯らしい灯りも、ぽつぽつとありますが、聖域を抜ける道ゆえ、その数は多いとはいえませんでした。きっと夜には、この辺りはインクのように真っ黒な闇が満ちるのだろうな、と、りら子は思いました。

楠は、水の多い地に茂るものだと、木太郎おじいちゃんに聞いたことがありました。実際、低い山の中に続く道は、たまにぬかるんで、足を取られそうになりました。歩いていると、楠の合唱に混じって、どこかでせせらぎの音が聞こえるので、川も流れているのだろうと思いました。

山越えの道でも誰にも出会いませんでした。立ち止まり、耳を澄《す》ませてみても、誰の足音もしません。たまに野鳥のはばたきが聞こえるくらいでした。

「――でもまあ、その方がいいか」

りら子は、独りごちました。

「絶対、妙な子だと思われちゃうものな」

ここは父祖の地、風早ではないのです。

やがておそらくは道の半ばにある、小さな休憩所に行き着きました。休憩所、といっても名ばかりで、ただ腰を下ろすための木の長椅子と、雨を避けるための屋根、古びた自動販売機があるだけの場所でした。

「ええと、この辺なのかな?」

りら子は辺りを見回しました。そして、古いしめ縄が飾ってある数本の楠の間を歩き、気配を辿りながら、普通の人間は踏み込めないだろう、森の奥へと入っていきました。

「わあお、大きい」

やがて、見上げたそこには、首をそらしても、いちばん高いところの枝が見えないほどに、見事に茂った楠がありました。

「この高さ、まるで針葉樹だわ」

楠の形をしているのが不思議なほどでした。おとなが十人がかりで抱えても、おそらくは手が回らないだろうと思われるような、大きな幹には、何百年前に張られたものかわからないような、古ぼけたしめ縄が飾ってありました。

木の幹は恐竜の肌のようにごつごつとして、風雨にさらされたからなのでしょう、その枝には折れたあとや曲がったあとがありました。

「……この木のことかな?」

りら子は、その木の前で首をかしげ、そして、木に向かって話しかけました。

「花咲楠夫《くすお》さん、いらっしゃいますか?

本家の花咲りら子です。木太郎の孫にあたります。父草太郎から話を聞いて、お会いしたくなって、訪ねてきました」

山全体に茂る、楠の葉がひときわざわめきました。いままで歌い続けていた、愛らしい子どもたちの歌声がふと止み、そして、

『お、かわい子ちゃん、いらっしゃい』

明るい、楽しげな声が響いて、そこに、ひとりの男のひとが姿を現しました。

『こんな僻地の山奥まで、俺に会うために旅してきたってわけかい？　ありがとうよ』

少しだけ軽薄な感じといえないこともない、でも人好きのする笑みを頬に浮かべて、そのひとは笑いました。『人気者は辛いねえ』

りら子のお父さん草太郎さんと同じくらいか、少し年上くらいのおとなに見えました。ほんとうをいうと、少し若いくらいだと聞いて知っています。ただこのひとが人間の街で生きていた時代、昭和の日本では、みんないまよりも早くおとなになったので、このひとの姿もおとなびて見えるのでしょう。

青みがかった灰色の、たぶん当時はお洒落《しゃれ》だったろうスーツに、同じく当時はお洒落だったろう、太さと結び方のネクタイで、ぴかぴかに磨かれた茶色い革靴を履いて、そのひとは楠の森の中に立っていました。長めの癖っ毛にはきちんとくしが通っています。

そう、それは、きちんとおめかしをした、お洒落なおじさまでした。ちょっと時代遅れ、

もとい古風な服、コーディネートではあっても、センスの良さがうかがえるので、それはそれでレトロなムードを漂わせているひとだといえないこともありません。

ただ、その姿はまるで二重露光の写真のように風景に透けていて、ひとなつこい感じの笑顔も、細くて長い腕や足も、楠に半分溶け込み、重なり合っているのでした。それは、おそらくは、ふつうのひとにには見えないだろう、幻のような姿でした。

『俺のはとこの木太郎の孫で、草太郎くんの娘ってことか。いやちょっと待てよ。俺の知ってる草太郎くんは、大学生だったぜ？　あの子がもう、ひとの子の親か。おとなになって、結婚して子育てとかしちゃってるのかい』

そのひとはまばたきをして、りら子をまじまじとみつめました。まいったな、といいながら、自分のおでこをぺちっと叩きます。

『あんたには、あの草太郎くんの面影がある。たしかに彼の子どもなんだろうよ。それに——』

ふと静かなまなざしになって、そのひとはりら子の目を見据えました。

『かわい子ちゃん。あんたには、一族の血を感じる。たしかに俺たちは親戚同士だな』

それはりら子も感じていました。皮膚の感覚でわかるというのか、周囲の植物がそのひとの周囲に侍《はべ》っている、楽しげにうたっている、その様子で、同じ花咲の血を引く者だとりら子にはわかるのでした。

風早の花咲本家から地縁や血縁が遠ざかるごとに能力も薄れていくと、言い伝えられています。でもまれに、その能力が先祖返りのように強く表れることもあるとも。おじいちゃんのはとこのこのひとが、まさにその「先祖返り」でした。名前を楠夫さんといいます。

「先祖返り」のひとびとは、その幼い頃や若い日に孤独に悩むことが多いといいます。本家に近く産まれれば、地縁血縁のひとびとから大切にされ、祝福とされる能力も、その由来を知らないひとびとの中に突如誕生すれば、異質なもの、異様なものと後ろ指をさされ、恐れられたりもします。

この楠夫さんも、その若い日に寂しい思いをし、苦労して成長したらしいよ、と、りら子は草太郎さんから聞いていました。

年齢が近かった木太郎さんには、自分がこのはとこを探し、訪ねていかなかったことが、長いこと心の傷になっているようでした。

もし自分と出会い、親戚として、いや友人として生きることができていたら――楠夫さんの人生は、きっといまとは違っていたろう、と。

木太郎さんは風の噂で、遠縁に「先祖返り」の若者がいるらしい、と聞いていました。

けれど、訪ねて行くには、その街は遠く（いまよりも移動が大変だった時代のことです）、昭和の時代、木太郎さんもまた、他の多くの日本人たちと同じように、日々忙しく働きながら生きていかなければいけなかったのでした。やっと余裕が出て、探しに行ったときには、はとこの楠夫さんはもう、人間として生きてはいなかったのでした。

孤独な人生を送り、でも、叶えたい夢も希望も才能もあって、それなりに楽しく生きていたこのひとは、もう長いこと、実に数十年も、この鎮守の森にいました。

時を止めた、変わらない姿で。

花咲家のひとびと以外の誰にも、その存在を知られずに、ずっと、ひとりで。

いや、楠の妖精たちと一緒に。

いまりら子の目には、緑色の揃いの短い着物を着た、愛らしい子どもたちが、そのひとのまわりに佇《たたず》み、すました笑みを浮かべたり、何やら遊んだりしている姿が見えるのでした。この森の、いやこの山の楠たちの古い魂が、姿を得たもののようでした。

楠夫さんは、その子どもたちを、幼稚園児を引率する保育士さんのような楽しげなまなざしでみつめ、自分を見上げる子の肩を抱いて、りら子に、いいました。

『そうかあ。草太郎くんがここにきてから、もうそんなに経つってことなのか。ここでこうしていると、時間が経つのなんか、ぜんぜんわからなくてさ。ほら、ここにはテレビもラジオもないものだからさ。曜日だってわかんないしなあ。まったく、年月が経つのは早いもんだなあ。草太郎くんも、木太郎さんも、ふたりとも元気かい？　木太郎さんは、すっかりじいさんになっちまったんだろうなあ』

懐かしむようなまなざしをしました。この森で、一度会ったきりという木太郎さんの姿を、その頃は自分と同世代だったはとこの姿を、そのひとの目はいまも映しているんだろうなあ、と、りら子は思いました。

その日、はとこの消息を追って駅に降り立ち、山の向こうの町へと向かおうとした若い日の祖父は、道の途中のこの場所で、思いがけず、この姿となったはとこと出会い、自分の到着が遅かったのだと知ったのでしょう。

草太郎さんから聞いた話では、楠夫さんはそのとき、木太郎さんと出会えたことをただ喜んだそうです。ひとつだけ惜しかったな、と彼が苦笑したのは、一緒に町で酒が飲みたかったな、うまいものも喰いたかったな、と。

『こんな透ける体になっちまったら、きっともう、どんな店にも行けないもんな。お化け扱いされちまう』

そういって、楠夫さんは笑ったといいます。

どんな店にも行けないどころか、いまのこのひとは、この山の楠を離れては存在出来ません。この鎮守の森を、山を覆う、一面の楠の群れがここにある限りは、離れることはできず、また楠たちが枯れるときは、このひとの生命も尽きるときだろうと、木太郎さんは草太郎さんに辛そうに話したと、りら子は聞きました。

いまの代の一族の誰よりも知恵と知識がある木太郎さんがそういったというのなら、楠夫さんの宿命は、そう決まっているのでしょう。でも楠夫さんは、それを悲しむでもなく、飄々《ひょうひょう》と「暮らして」いたよ、と、草太郎さんはいっていました。

あれは夜遅く、ダイニングでひとりこたつにあたりながら、積ん読になっていた本の山を適当に崩していたときでした。二階の書斎から下りてきた草太郎さんが、台所からお茶とお菓子を持ってきてくれました。タブレットで調べ物を始めた草太郎さんと、とりとめも無い話をしていたとき、ふとした弾みで、その鎮守の森の話になったのでした。

学生時代の草太郎さんは、父親である木太郎さんから、楠夫さんの物語を聞かされていて、あるとき、時間がある学生時代のうちに、と、長い旅をして、この森を訪ねたそうです。

「正直、自分が善行をしに行くような気がしていたかも知れませんね。不幸な運命の下に生きる孤独な親戚の話し相手になりに行こうか、みたいな」

そういって、草太郎さんは懐かしむような目をしました。

「でも、そういう感じじゃなかったですね。ふつうに遠い親戚のおじさんに会いに行って、いろんな話を聞いて貰って、ありがとう、また訪ねてきますね、と約束をして帰ってきた感じでした」

別れ際、楠夫さんは、いったそうです。

『せっかく会った親戚の子に、小遣いもあげられないなんてねえ。情けねえなあ』

透けるスーツのポケットに手を入れるような素振りをして、心底残念がっていたと。

その様子を見て、別れが切なくて泣きそうになっていた草太郎さんは、涙ぐみながらもつい笑ってしまって、また来ますね、と手を振って帰ったのだそうです。

「またすぐに訪ねるつもりだったんですけどねえ。時の流れって、早いものですねえ。毎日毎日の繰り返しが、いつのまにか、何ヶ月、何年、何十年の時間に積み重なっていく」

そういって、草太郎さんは、口元に優しい微笑みを浮かべました。

「ずっと自分は若いような気持ちがしていたのに、気がつくと、いまのわたしは、あの頃の楠夫さんと同世代のおとなになっているんですね。その年の頃には、もっと立派な人間になれているつもりだったのに、頭の中身は、あの楠の森を訪ねていった頃と、てんで変わった気がしていませんよ」

いつになったら、わたしはおとなになれるんでしょう、そんなふうに呟いて、草太郎さんは小さく笑ったのでした。

楠夫さんとは初めて会ったはずなのに、りら子はそう経たずに打ち解けていきました。やはり親戚ということなのか、ふとした仕草や話し方に、父親や祖父の面影を感じることがあります。楠夫さんは楠夫さんで、

『やっぱりどっか、りら子ちゃんはうちの娘に似てるんだよなあ』

と、懐かしそうな目をして語るのでした。

『カメラが好きでね。俺が写真を撮ろうとすると、モデルみたいにすました顔になったり、バレリーナみたいにつま先立ちしてさ。いつだったかドライブインでお土産に買ってきてやった、赤いハイビスカスの造花がお気に入りでさ、写真を撮るときは、いつもきっとその花を髪につけて、お姫様みたいに。

そのうち、撮られるだけじゃ物足りなくなったのか、「パパのカメラを貸して、あたしもお写真が撮りたい」っていうから、俺の古いカメラを貸してやってさ。そしたら、小さい手で、こう、一生懸命構えてさ』

手真似をするそのひとは、アマチュアカメラマンだったそうです。いわゆる器用貧乏で、

なまじ賢かっただけに、いろんな職を転々とし、それで腰が定まらない人生を送った。でもカメラだけはずっと手放さず、いい写真を残したらしい、という話でした。

花咲楠夫というその名前は、いまはもう無いカメラ雑誌のコンクールで、ある年の大賞を受賞したひととして、いまも記録に残っているそうです。古すぎて、インターネットでは探せない情報でしたが、昔、木太郎おじいちゃんが、図書館で探し当てたようだ、と、草太郎さんに聞きました。木太郎さんの趣味も写真で、というか、いつの時代も、お父さんたちの趣味はカメラです。鎮守の森で楠夫さんに聞いた思い出話を元に、木太郎さんは、その写真の情報に辿り着いたのでした。

「未来」というテーマだったその年のコンクール。楠夫さんの写真は、お正月に着物を着た幼い女の子が、その小さな手には不似合いな、大きなカメラを持ち、唇を結んで、こちらに向かってピントを合わせようとしている、その様子を撮ったものだったそうです。背景には青空が広がり、鳩の群れがはばたいていた、と。

『といっても、俺が覚えてるあの子は、幼稚園児くらいの小さいときのまんまの姿でさ。いまはもういい年のおばちゃんになってるんだろうなあ。どんな生活を送ってるんだか』

はは、と楠夫さんは笑うのでした。どこか泣きそうな表情をして。

『どんなおとなになったのかなあ』

いまどこにいるかもわからない娘なんだけどね、と、楠夫さんは呟きました。

そしてふいに顔を上げ、上機嫌な様子で訊いてきました。

『で、りら子ちゃんは、どうなの？　どんなおとなになるつもりなのかな？』

「どんな、といいますと……」

『ほら、将来の夢とか希望とかさ』

微妙にりら子の表情がこわばったのに、楠夫さんは気づいたのでしょう。困ったような声になりつつも言葉を続けました。

『その、たとえば、どんな大学に行くのか、とかさ。ええとそう、最近は、女の子も大学進学とかしやすくなってるんだろう？』

りら子は、うなずいたまま、しばし言葉を選んでいました。冬の風が、楠の葉を揺らし、りら子のマフラーをはためかせて通り過ぎました。

「何かちょっと、わからなくなってまして」

『わからないって、何が？』

「自分がどう生きるべきなのか、とか」

『どうって、好きなように生きればいいんじゃないの？』

「その好きなように、というのがよくわからなくなっていて」

『わからないって、自分のことだろう?』

「ええ、そうなんですが。でも……」

りら子は、口ごもりました。そしてふと、自分の心の奥にありつつも、意識していなかった言葉を、口にしたのです。

「ほんとうに、『わたしのこと』なんでしょうか? たぶんわたし、わたしの未来って、自分だけのものなのかな、って思っちゃってて。それで、なにか、責任重大というか、うまく決められなくなっちゃってるのかも……」

うつむいて、胸元を、マフラーの上から、ぎゅっと握りしめました。

「わたし、小さい頃から、一生懸命勉強してきたんですよね。なのに、いちばん大事なはずの、大学受験で失敗しちゃって。それも風邪引いたくらいで。馬鹿みたい。自分の体調管理くらい、できなきゃいけないのに。ふだんは人一倍元気だったのに。何失敗してるんだろうとか、思っちゃって」

口にしたことがなかった後悔や自分を責める言葉を、一度自分の中から外に出すと、数珠玉のように、言葉が続きました。

「わたし、幼稚園の頃、母を亡くしてるんです。天国の母を泣かせないように、心配させないようにって、ずっと頑張ってきた気がします。ほんとうの自分よりも強く賢く、おとなっぽくって。誰からも心配されないような、ひとりで生きていける立派な人間にならなきゃって。……年が離れた姉は立派なおとなで、家族を支えられるひとになっていたし、弟は小さくて泣き虫で、弱いから、わたしがあの子の分までしっかりしなくちゃって。

　頑張って、勉強して、いい成績を挙げて、塾や学校で褒められるの好きだったんですよ。自分も嬉しかったけど、ほっとして。これで母さんも安心だろうって、心の奥の奥の方で、思っていたのかも知れなくて。

　でも、大学受験に失敗しちゃって」

『うーん。具合悪かったんでしょう。じゃあさあ、仕方ないじゃないの。どんなに賢い子だってさ、熱には勝てないよ』

　優しい声で、楠夫さんはいいました。身を屈め、泣いている小さな女の子に、話しかけるような声で。

「でもわたし、勝ちたかったんです」

　りら子は顔を上げ、微笑みました。目の端に気づかないうちに浮かんでいた涙を、そっと指先で拭いました。

「ずっと勝ち続けていたかった。そう出来ると思っていました。わたしは利口だし、強い女の子だし、努力さえすれば、夢は何でも叶うって思っていました。ふたりぶんの夢だって叶えられるって」

『ふたりぶんの夢？』

「わたしと……天国にいる母の夢です。わたしが成功して、立派になれば、それはきっと母さんを喜ばせることになる。そしたら、ふたりぶんの夢が叶うんだなって、思ってました。

でも、失敗しちゃって。ふたりぶん、失敗したんだな、って思って。そしたらたぶん……わたし、なんだか焦っちゃって」

『焦る？』

腕を組んで、心配そうに訊き返す楠夫さんのまわりを取り巻くように、楠の子どもたちが並び、同じように腕組みをして、真剣なまなざしで、りら子の方を見ていました。

りら子は、くすりと笑っていいました。

「最初は、また次の年も受験するために、冷静にスケジュールを組もうと考えていたんです。で、そのとき、ふと思いついて、志望校はもともと考えていたところでいいのか、分析し直そうとしたら……わからなくなっちゃって。学校の他の友人たちは、将来の夢の実現に繋がる大学や学部を選んだり、研究したい分野の尊敬する教授がいらっしゃるところを志望したりしていたのに、わたしはそうじゃなかったんです。ただ、難易度が高い、合格が難しいところ、というだけで、志望校を選んでいた。……馬鹿みたい」

また少し、目に涙が浮かび上がりました。

「全然未来に繋がっていない受験だったんです。誰かに褒められるため、誰かに、自分に勝つためだけの勉強をしてたんです。そんなことに、こんなに大きくなってから気づいて。わたし、中身は空っぽのまま、からだだけ育っちゃってたんだなって。時間を無駄にしてきたんだなって。

それに気づいたら、焦っちゃって。これから先、少しでももう時間に無駄がないように、早く人生の目標を決めなくちゃいけない。でも、わたしは何のために生きればいいんだろう。わたしには何が出来るだろう。わたしは、どんなおとなになって、どんな風に一生を送ればいいんだろうって。

そもそも、わたしなんかに、出来ることがあるのかな、って」

りら子は、自分の手をみつめました。まだ自分の力では何も掴んでいない、頼りない、小さなふたつのてのひらを。この手で、なにか世界に、歴史にささやかでも爪痕を残せるようなことが出来るのでしょうか。遠い未来にまでは残らないとしても、りら子という人間がこの時代、この国に生きていたということが、何か少しでも誰かの幸せに繋がるような、そんな生き方が出来るでしょうか。

そんな風に生きたい、そうでありたい、と、望むだけ、自信が無くなっていくのでした。

「人生の時間は限られてるって、わたし知ってます。有限で、こうして話している間にも、砂時計の砂が落ちるように、減っていく。いつかきっと、砂がなくなって、最後の一粒が落ちるときが来るのに。それがわかっているから、早く人生の目標を探さなきゃいけないのに。自分でも出来ることを、みつけなきゃいけないのに。

でないと、間に合わない。でないと……」

天国できっと、お母さんが悲しむから。

りら子は、小さく呟きました。

「命が大切だと思うからこそ、時間が勿体ないって思っちゃって。それで考え続けているうちに、だんだんわからなくなっちゃって。

そもそも、生きるって何なんだろう？　どうせ有限な命なら、立派に生きようとか優しく強くありたいとか、そんな風に願うことも無駄なんじゃないのかな、って」

いつかリセットされてしまう命で、記憶なのです。見えない誰かがプレイしているゲームのように。どんなに懸命に生きたとしても、その誰かの手が、リセットボタンを押し、電源を切ったなら、すべての意味がなくなるのです。それならば、何も望まず、何もしなくても、同じではないかと思ってしまうのです。

「生きることに、意味があるのかなあって」

生きることに意味があるのか、それともないのか。結局はりら子の思いはそこに戻ってゆくのでした。生きることが楽しくて、この世界や身の回りの家族や友人たちや、街のひとたちがみんな好きだからこそ、有限のこの命をどう生きていいのかわからなくなる。

焦ってしまうのです。選択肢を選び間違えないようにしないといけないから。もう失敗しないように。少しでも時間の無駄が出ないように。効率よく生きて、夢を見ないと。道を間違えたら、貴重な時間のロスになるから。

楠夫さんが、ふと笑いました。

『若いね』と。

「若い？」

『まあそんなこと考える時期もあるよね』

うんうんと楠夫さんは頷きました。

『俺もりら子ちゃんくらいの時はそうだったし、そもそも、あんたの父さんも、ここに来たとき、似たようなこといってたぜ？』

「うちの父がですか？」

『おうさ。こう、眉間に皺とか寄せちゃってさ。俳優みたいな顔と仕草で、「ひとは何のために生きるのでしょうか？　わたしには、前途が見えません。自分の生きるべき道が。わたしはこんな人間なのに、ちゃんとしたおとなになれるのでしょうか？」ってさ』

そのときの草太郎さんの表情と言葉を真似ると、楠夫さんは、ぷぷ、と、噴き出すように笑いました。

『本人大まじめなのに、笑えるもんだね、ああいうのは。——で、どうなの？　草太郎くんは、その後、道に迷わず、ちゃんとしたおとなになったわけだろう？』

「はい」と、りら子は笑顔で頷きました。

『そんなもんさ』

楠夫さんは、明るくいいきりました。

『もう道を迷いようがないいまだからいえるんだけどさ。ひとはきっと、歩いているうちは、いつかどこかに辿り着くんだ。どこに歩いているか、わからないときでもね。悩んで迷って、ぐるぐる歩いて、そして気づいて振り返ると、長い道を、ちゃんと歩き通してきた自分に気づく。そんなものなのさ』

ははは、と、楠夫さんは笑いました。

その笑顔には、わずかも陰りがなく、りら子は、このひとがいまの言葉を適当に口にしたのではないということを悟りました。

自分を慰め、励ますために思いつきでいった言葉ではなく、自分の中にあった「答え」の言葉を、そのまま口にしたのだと。

この場所に辿り着くまでの人生を、後悔していないと、たぶんそういう意味なのだと。


昔、ここで楠に溶け合ってそう経たない頃。木太郎さんが自分と出会ったときに、楠夫さんは、自分がどうしてこういう有様になったのか、明るく話してくれたそうです。どこか誇らしげに。さばさばとした笑顔で。


『俺さあ、遊び人だったから、ある日とうとう、女房に見捨てられちまってね。気が強い女だったから、この家から出てけっていわれちまってさあ。二人で喫茶店を経営してたんだけど、実際、女房のおかげで続いてた店だったからね。俺、売り言葉に買い言葉で、あわかったよ、って、楠の葉町にあった、その家を出ちまったんだ。お父さん行かないでって、泣いてすがった小さい女の子を置いてさ。カメラ一台だけ持って、飛び出した。

それからいろんな街に住み、自由を気取って、好き勝手暮らしたさ。もともと育った楠の葉町のこと、好きでもなんでもなかったしね。自分が住むところは自分で決める。あんなところに二度と帰るものか、って、いつも思ってた。そもそも帰ったってさ、家がないからね。女房はいっちゃなんだが美人だったし、心根の優しい女だったから、とっくに再婚したろう、娘も新しい父ちゃんになついただろうって思ってたよ。俺みたいな、腰が定まらない、いつまでもおとなにならない、遊び人に育てられるよりも、よかったよ、なんてね。

それから数年、いろんな街で暮らして、それなりに面白く生きていたよ。楠の葉町での日々は、もう忘れたと思ってた。故郷なんて、捨ててやったんだ、ってね。でもさあ、ある日ね。持っていたフィルムを、まとめて現像したときに、数年前の正月に、楠の葉神社で撮った娘の写真が出てきてね。見ているうちに、なんだかたまらなくなったんだ。かわいくて、かわいくてね。なんだか、泣けてね。涙が止まらなくなって。

それで、カメラ雑誌のコンクールに出したんだ。撮影した日付がいつでもかまわない、ゆるめの規定の公募だった。いま考えるとどうしてそうしたのか、まるで不思議なんだが、あれは、なんでだったのかなあ。いつもそのコンクールに出してたから、っていうこともあったし、たぶん、その写真が我ながら出来が良かったから、このまま自分だけが見ているのが惜しかった、ということもあったろうし。

いやたぶん、もっと単純な——うちの子は、こんなにかわいいぞ、って自慢したい気持ちがあったからだったのかも知れないね。

いまの時代はどうかわからないけれど、あの頃はほんとうによく、俺たちは写真を撮ったよなあ。分厚い立派な家族のアルバムに、いろんな写真をたくさん貼ってさ。白黒しか撮れなかったのが、カラーフィルムが登場して、すごく嬉しくてさあ。見たままのものが焼き付いて残るって、なんて素敵なことなんだろうって、感動したものだったよな。

いまの時代も、世のお父さんたちは、我が子を写真に撮り、お母さんたちは、立派なアルバムに写真を貼るのかい？　家族で何回も、何回も、めくってみたりするのかい？

それにしても、どんな運命の気まぐれなのかねえ。いままでそのコンクールでは、佳作や入選しかとったことがなかったのに、初めて、大賞に選ばれた。一等賞だ。住んでいたぼろアパートに電報が来たとき、驚きのあまり心臓が止まるかと思ったよ。公衆電話から雑誌の編集部に電話をかけたときは、心臓が口から飛び出そうだった。被写体の娘がかわいかったから、そのせいのまぐれかとも思ったんだけど、電話の向こうの編集者は、いつも愛読している雑誌を作っているひとは、言葉を尽くして、俺の写真を褒めてくれた。

電話の受話器を置くとき、汗で受話器を取り落としそうだったよ。電話の向こうの編集者に頭を下げたまま、しばらくそこを動けなかったから、電話をかけたくて後ろで待っていたひとに、舌打ちをされたりしたねえ。

謝りながら、そのひとに電話を譲ろうとしたとき、ふと思ったんだ。この電話で女房と子どもに、一等賞を取ったということを伝えようか、と。そしたら、喜んでくれないだろうか、と。――一瞬考えて、そして、やめにして、電話の前を去った。店の電話番号は覚えていた。かけようと思えばダイヤルは回せた。十円玉だってまだ持っていた。でもね。もしかけて、女房の新しい連れ合いが出たりしたら、どうしようと思ったんだ。それか、もしかして、『この電話は現在使われておりません』と自動音声が返ってきたら。かけられなかったよ。とてもね。

そのまま、授賞式の夜になった。梅雨時のことだった。どんよりと曇った空から雨が降っていたけれど、その雨さえも、祝福の雨のような気がして、胸が弾んだのを覚えているよ。

大賞といっても、マニアックなカメラ雑誌のこと、テレビやラジオの取材があるわけじゃない。都会のホテルでお披露目があるわけでもなかった。でも、その雑誌に縁がある著名な写真家の立派な記念館がある地方都市で、主催者の心のこもった、素敵なパーティーを開いていただけたんだ。入賞作品が飾られた写真展が開催されてね。新聞の取材も受けた。翌日の朝刊に載るという話だった。

俺は、有り金はたいて買ったスーツを着て、晴れの場に出席して、拍手を浴びた。審査員を務めた、尊敬する写真家や、大好きな雑誌の編集者たちが、俺の写真を褒めてくれた。緊張して、あがって、嬉しくて、大好きな酒を飲んでも、味がわからなくて。人生、こんなに素晴らしいことがあるのか、と思ったよ。こんな日が来るなんて、思わなかった。自分が取材のフラッシュを浴びるなんてね。自分の写真がこんなに晴れがましい場所に飾られるなんて。

朦朧としながら、新聞記者に、「この喜びを誰に伝えたいですか？」と訊かれたとき、とっさに、「妻子に」と答えていたよ。

答えてね、ああほんとうに伝えたいなあ、と思ったんだ。よりを戻したいとか、そういう濁《にご》った考えからじゃない。ただ、ほんとうにしょうもない人間だった俺が、この俺にも、少しは立派なところがあったんだって、そう伝えてやりたくて。そしたら少しは、なんていうのかな、少しはほっとして、喜んでくれないかなと思ったんだ。

その街は、楠の葉町まで近いといえば近い場所にあった。俺はパーティーの後、もう夜遅くになっていたけれど、用意された宿に泊まらずに、貰った賞金の封筒を持って、元いた町を目指した。味がしないまま飲んでいた酒の力と勢いもあったんだと思う。どれだけ遠くたっていい、賞金はタクシー代にあてるつもりだった。もう電車もバスも走っている時間じゃなかったしね。

悪いことに、雨は夜が遅くなるにつれて、激しくなり、雷までが轟《とどろ》くように鳴り始めた。土砂降りだ。

長い時間をかけて、なんとか楠の葉駅までタクシーは辿り着いてくれた。もう明け方に近いような真夜中だった。駅のあたりも、もう寝静まって真っ暗で、叩きつけるように雨が降っていた。タクシーは引き返していった。山越えの道は、ひとの足じゃないといけないしね。お礼をいって帰って貰ったよ。封筒の中の賞金は、ずいぶん減ってしまった。

で、タクシーを見送ってから、気づいたんだ。俺は気がせいていたんだろうね。大事なカメラと、いただいた賞状を、旅行鞄に入れたまま、タクシーの座席に置き忘れてしまったということに。

呼び止めようにも、もうどうしようもなかった。ああ、と思ったけれど、もう遅かった。

俺は真っ暗な山道を、山の向こうの楠の葉町目指して、歩き始めた。せっかくのスーツも、整えた髪も、雨と土でどろどろになった。でも、この道を行くしかなかった。どうしても、女房と子どもに会いたかった。

幸い、俺は植物と話せたから、山の楠たちに助けられて、闇の中でも、道を行くことができた。顔に雨が叩きつけるように降っていてもね。そもそも、この山は子どもの頃の俺の遊び場、楠たちは、俺の友達だったんだ。おとなになった俺のことを、楠の妖精たちは、やっぱり友達として歓迎し、一緒に走ったり、踊ったりしながら、ついてきてくれたよ。

なんだかみんなその日は元気がなくて、哀しげに見えたけれど、でも俺に「嬉しいこと」があったとわかって、自分のことのように喜んでくれた。

俺は夜道を行きながら思った。自分のこんな力が役に立つ日が来るとは思っていなかったなあ、と。そういえば、早く死に別れた父親から、先祖にはお伽話のような力を持つものもいたらしい、と聞いたことがあったかも知れないな、と久しぶりに思い出したりした。

子どもの頃から、なぜか自分だけ、こんな力を持っていることがさみしくて怖かったけれど、こんなふうに役に立つ日がきたのだから、もういい、それでよかったと、心の底から思ったよ。

どろどろになり、楠たちに励まされながら、俺は思った。どうなろうと、命がけだろうと、俺は女房と子どもに会いたい、と。

あいつらがいまも山を越えた海辺の町にいるのかどうかは知らない。カウンターの中に、いつも美人の女房がいた、美味しいレモンティーを入れてくれた、あの懐かしい喫茶店がいまもそこにあるのかも。

いやむしろ、女房はとっくに再婚して、新しい生活をしているだろうし、子どもは知らない誰かを父親と呼んでいるだろう。

だけど、訪ねてみようと思った。

やっと気づいたんだ。ぬかるんで滑る山道で、何度も転び、泥だらけになりながら。

俺は、いつか帰る日を夢見ていたんだってね。

こんなに立派な男になったんだ、と、胸を張って帰る日を、夢見ていたんだってさ。


この山は、鎮守の森だ。中腹にある、ひときわ大きな楠をご神体に、山全体を神として、この辺りの人間たちは奉ってきた。自分たちを守る、大切な守り神として拝んできた。

でも、この山に神がいるのかいないのか、俺は知らなかった。子どもの頃から、ここでそんなものにあったことがなかったしな。

実際、神様なんてもういないと楠の妖精たちはいつも笑ってた。人間たちがそう呼ぶものが山にいた時期もあったけれど、ずいぶん前に、どこかに行ってしまった、と。

でも人間がそのあともずっと、神のいなくなったこの森を、変わらずに鎮守の森として拝むから、仕方ない、自分たちが神様の代わりをしようといつからか決めたのだ、と。

自分たちは所詮木の魂でしかない。ここに根を張り、動くことはできない。けれどせめて、遠くから人里を見守ろう、と。たとえば、この山を越えて、災厄が町に降りないよう、そっと見守ろう、と。それくらいならできるから。

実際に、子どもたちの姿をした楠の妖精たちは、山に迷いこんだ迷子を助けたり、茸《きのこ》や野草を探しに来た人間に在処を教えたり、目に見えないところで、ひとびとを助けていたのさ。

思えば、ふつうの人間に馴染めず、いつもひとりで山で遊んでいた俺の友達になってくれたのも、鎮守の森の妖精たちの、愛情であり、思いやりだったんだろうなと思うよ。

この山の楠たちはいつだって、俺の友達で仲間だった。他の植物たちとも話せたけれど、自分の名前に入っている木だということもあって、俺は特にこいつらが好きだった。楠たちは、故郷の町の人間たちに馴染めない俺の仲間で、幼なじみだった。

いつかこんな田舎を離れて、もっと華やかで、もっと豊かな町に住んでやる、っていつも夢見ていたよ。そこでなら、俺はこんなに寂しくなくなるんだってね。

ほんとうは寂しかった。誰かに行かないでいい、ここにいてほしいっていってほしかった。なのに誰もそういってくれなかったから、自分から逃げて、捨て去ろうと、それを夢見ていたんだねえ。捨てられるよりは、捨てる方が百倍も楽だから。

雨はだんだん激しくなってきた。

そのうち、ふと、そばにいた楠の子どもたちが、泣くような顔をして俺にいったんだ。

早くここを、この山を下りて、下りたらなるべく遠くまで離れてくれ、とね。もうじきに、この山は崩れるから、と。どうも駄目なようだ、と。

なんでも、梅雨の間に、この辺りにはたくさんの雨が降った。山を覆う楠たちは、その根で雨水を吸い、山の土が崩れないように、その身で支え、抱き留めていたらしい。けれど、今夜の豪雨で、もうそれも難しくなりそうだ。朝までにはきっと、この山は崩れる。楠の葉町に向かう、土砂崩れになる、と。

食い止めたいけれど、自分たちはもうかなりの年寄りだ。根に力がもう無い、水と土に負けてしまう、と。どうがんばっても、力がたりない、と。

下の町に被害が出る。長い間、大事に見守っていた人里に被害が出る。それも自分たちの力及ばず、自分たちの暮らす山がその上に無残に崩れ落ちていくせいで。

楠の子どもたちは、ひとの耳には聞こえない声で、降る雨と雷雨の中で泣いていた。そのときには、俺はもう、町と海を見下ろすところまで来ていた。真夜中のこと、もう町は寝静まっていて、明かりもほとんどついていなかった。町の向こうの、闇のように黒い海が荒れているのは遠くからでもわかったよ。

真っ暗で、静かなあの場所に、海の手前に広がるそこに、町があることを、俺は知っていた。子どもの頃から育っていた町だからね。懐かしかったよ。ほんの数年の間しか、あそこから離れていなかったのにね。

何度もここから、こんなふうに見下ろした故郷だったから。だから、そこからはミニチュアのように、模型のように見えるそこに、たくさんの家があって、眠るひとびとがいるんだってことが、よくわかっていた。

俺は雨に打たれながら、下の町を見下ろしていた。いまから町に下りて、みんなの家の扉を叩く？　大きな土砂崩れが起きるから、逃げろと起こして回ろうか。いやだめだ、と思った。遊び人で、まるでこの町に馴染んでいなかった俺が、こんな雷雨の夜に訪ねてきて、いきなりそんなことをしたって、誰も信じるものか。説明しているうちに山は崩れる。そもそもなんといって、事情を話せばいいんだ。鎮守の森にいる、楠の妖精たちが教えてくれましたって話すのか？　そんなの信じてくれるのは、うちの女房と娘くらいのものだろう。

そう、あいつらだけは、俺のこの力を怖がらず、素敵ね、楽しいね、っていってくれてたなあ、なんて今更のように思い出していたよ。木やお花とお話ができるなんて、魔法みたいね、って。そう、そんな風にいって優しく笑ってくれたのは、世界で、あの二人だけだったんだ。自分たちには草木の言葉は聞こえないのに、俺の言葉を信じてくれたのは、あの二人だけだったんだ。

ずっとそんなこと、忘れていた。

でも、山が崩れれば、二人とも死んでしまうんだな、と思った。この俺の目の前で。二人だけじゃない、俺には優しくなかったけれど、楠の葉町に住んでいる故郷のひとびとも。みんな。大勢死んでしまうだろう。何も知らず、眠ったままで。朝が来る前に。

この山を守る楠たちはもう力尽きてしまう。里を守る神様はどこにもいない。

そのとき、俺は知った。気づいたんだ。

そんなこと、絶対に嫌だと自分が思っているということに。

自分が、この俺が好かれていようと嫌われていようと、そんなことどうでも良かった。ただ、女房と子どもがそこにいるだけで、故郷のひとびとが、このまま何も知らず、平穏に眠ってくれているだけで、この世界に生きていてくれるだけで、それでいい、と思った。

何とでも引き替えにすることが出来る、と。

「なくならないでくれ」俺は祈った。

故郷も。友達も。家族も。

「どうしたら、その願いが叶うんだ?」

楠の妖精たちが、教えてくれた。俺に力を貸してほしい、と。俺の持つ祈りの力と、魂をわけてくれたら、根に力が戻るから、と。土をつかめるようになるから、と。

俺は、鎮守の森に、楠たちに力を貸した。自らのすべての命の力を注ぎ込むように。そんなことしたことなかったけれど、出来たよ。

それがつまり、花咲の一族の血を引いているということなんだろうな。鳥たちが歌を習わずともさえずり、自然に羽ばたくように、俺には「出来る」ことだったんだ。

降り続ける雨の中で、俺はたぶん最後に、女房と子どもの名前を呼んだ。呼んだ、と思う。精一杯の声だったけれど、まあたぶん誰もその声を聴かなかったろうね。町までは遠かったし、ひどい土砂降りだったからさ。

鎮守の森は、土砂を食い止めた。やがて雨はやみ、いつもどおりの朝が来た。

下の町の人々は、いままでと同じに、自分たちが、楠に守られたことに気づかないままだったろう。普通に朝がきて、一日が始まったろうね。でもまあ、それでもいいんだと思うよ。たぶん、神様っていうのは、そういう存在なんだろうしね』

りら子は、いま自分の目の前にいるそのひとの、楠に透ける姿をみつめました。

四十年ほど昔の、昭和の時代のその夜から、このひとは楠と溶け合い、鎮守の森の一部となりました。ひととしては生きることができなくなりました。

もうふつうのひとびととは言葉も交わせず、山を下りることもできず、樹木として生きるしかなくなったのです。

とりとめもない話をしばらくしたあと、やがて、りら子は、楠夫さんにさよならをいいました。

『なんだい、もう帰っちまうのかい?』

さみしげに、楠夫さんはいいました。

りら子は少しだけ笑って、

「まだ話していたいけれど、もう夕方になっちゃいますもの」

『そっか。仕方ねえなあ。気をつけて帰れよ』

「はい。また来ますね。今日はありがとうございました」

楠夫さんは、少し照れたように笑い、楠の子どもたちと一緒に、手を振りました。

りら子が、来た道を戻らず、下の町の方に下りることに気づいたときには、おや、と思ったようでしたけれど、ただいつまでも、背中を見送る、そんな気配が長く続きました。

「もし下の町に、奥さんと子どもがいるのなら……

いまも暮らしているとしたら。」

りら子は、山道を下りながら、唇を嚙みました。

昔、木太郎さんも草太郎さんも、下の町には行かなかった、と聞きました。もし、楠の葉町に下りて、楠夫さんの妻子が、もうその町にいなかったら。いたとしても、新しい夫や父親がいるとわかったりしたら。

知れば、楠夫さんに伝えなくてはいけなくなると二人は考えたのでした。楠夫さんは、もしそうだったとしても、その後の妻子の幸福を喜んだだろうと、それがわかるからこそ、二人は町に行かなかったのでした。

そして、もうひとつ、大事な理由がありました。

なぜ町に家族を探しに行かなかったのか、家族がもし楠の葉町にいたら、真実は伝えるべきなのじゃあないか、と訊いたりら子に、草太郎さんは答えました。

ゆっくりと。優しい声で。

「それを、楠夫さんが望むとは、お父さんには思えなかった。きっとおじいちゃんも同じ考えだったろうと思うよ」

伝えたくなってしまうかも知れない。だから行かない、と。

（でも）

りら子は思いました。自分が楠夫さんの家族——カメラが好きだったという娘さんの立場だったらどう思うだろう、と。

いなくなった父親がいまどこでどうしているか、どんなに不思議な話でも、聞きたいのではないかと思ったのでした。

(ここは風早の街じゃない)

魔法や奇跡の物語を口にしても、優しく信じてくれるひとびとが多く住む、そんな町ではないのです。ありふれた、当たり前の、現実的なひとびとの暮らす町。

(でも)

この町をこそ、楠夫さんは、命をかけて守ったのです。そのことを、せめて家族は知るべきなんじゃないかと思いました。

知ったとしても、おそらくは、山にいる父親とは会話出来ず、そこにいることさえわからないだろう家族でも。

夕方の赤い光が、海辺の町に満ちていました。海から吹く風は冷えて、氷交じりのように冷たく感じました。故郷の、風早の街の海の匂いとは少し違いましたけれど、ここに吹く風も潮の匂いがするんだな、と、りら子は思いました。

おじいちゃんもお父さんも、その喫茶店の名前を知りませんでした。でも、その町の商店街は、風早の街にいくつもあるそのどれよりも小さく短くて、すぐにそのお店は見つかりました。手作り風の古い看板に書かれたその名は、『アルバム』でした。

そのお店は、内も外も、まるで植物園のように、たくさんの緑に囲まれていました。そうして店内の壁という壁には、たくさんの写真が額に入れられて、飾ってありました。新しい写真も、古い写真もあるようでした。

古い木で出来た扉と、よく磨かれた床と。そんなに大きくはない店の中で、小さなストーブが、静かに空気を暖めていました。上では薬缶《やかん》が沸いています。そのそばで、小さな室内犬が、床に置かれたかごの中で眠っていました。ちょうどそういうタイミングだったのか、他にお客さんはいませんでした。

古い木のカウンターの中にいたのは、ちゃきちゃきした感じの、ショートカットの女のひとでした。四十代、それとも五十代かなあ、とりら子は少し悩みました。明るくて元気そうだけど、少しだけ寂しげで、そのせいもあって、年齢がよくわかりませんでした。

「いらっしゃい。今日は寒いわねえ」

朗《ほが》らかに話しかけてくるそのひとの、その笑顔は、どこか懐かしく、ああ、楠夫さんに似ているんだ、と思いました。

もしかして、このひとがそうなのかと思うと、胸が痛いほどにどきどきとしました。一体どう説明しよう。いやその前に、ほんとうにこのひとが楠夫さんの娘さんなのかどうか、確かめてから。

そう思ったのは、そのひとからは、花咲家の一族の気配が感じられなかったからでした。植物と話す力を、このひとは持ちません。

りら子はカウンターに腰を下ろして、レモンティーを頼みました。

「はい、レモンティー一丁」

そのひとは楽しげに答えると、お茶を入れる準備を始めました。そうして、鼻歌混じりの声で、外は寒いですね、とか、見慣れないけど、お嬢さんどこから来たの、とか、ひとなつこい感じで話しかけてきました。

それに笑顔で答えながら、りら子はお店の中に目を走らせました。そして、カウンターのそばの壁に、一枚の古い写真が額装されていることに気づいて、軽く息を飲みました。

それは、写真を撮る男のひとの、その姿を撮影した写真でした。大きなカメラを持ち、目の前の、自分からは見下ろすようなところにいる誰かの写真を撮ろうとしている、まさにその瞬間の写真だったのです。

被写体を、撮影しようとしているその誰かを、男のひとが大事に思っているのが、その表情からわかりました。ファインダーを覗き込んでいる、その瞳は見えなくても、カメラの下にのぞく口元が、優しく微笑んでいたからです。

(楠夫さん……?)

そうだと思いました。間違いない、と。

なぜって、その写真の隣には、きっと昔に楠夫さんが撮った、大賞を受賞したというその作品が、やはり額に入れて、飾ってあったからでした。

対になる、二枚の写真が。

同じとき、同じ瞬間に、父親と娘が、互いの姿を撮影した、その写真が、並べて飾ってあったのです。

(そうか)

りら子は、二枚の写真をみつめました。楠夫さんの娘も、その時シャッターを押していたのだな、と。そうして自分が撮った父親の写真を、ずっと手元に置いていたのだな、と。

その子のお母さん、楠夫さんの奥さんも、それを許した。それどころかきっと、店の中のこの壁に飾ったのも、娘さんではなく、奥さんだったのかも知れません。

『アルバム』という名前の喫茶店の、その壁に。

(待っていたんだ、きっと)

りら子は、思いました。

壁には、同じふたりの女性が少しずつ年をとっていく写真が飾ってありました。面差しが似たそのふたりのうちひとりは、目の前にいる女性のようでした。ということは、もうひとりはお母さんなのかな、と思いました。

ふたりの女性はこの店の中で、お茶を入れ、お菓子を焼き、写真を飾り、お客さんと語らったり、植物の手入れをしたりしながら、少しずつ年老いて行きました。

そしてやがて、先に年老いた女性はいなくなり、ひとりだけの写真になりました。

りら子は、父と娘の写真を見ました。並べてあっても、互いに見つめ合っているのがわかる二枚の写真を。

写真も額も色褪せ、いくらか埃もうっすらとかぶっていて、それでも長い時を超えて、大切なものにシャッターを切り続けている、二枚の写真を。

りら子の視線に気づいたのでしょう。

カウンターの中から、湯気の立つ熱い紅茶にレモンと角砂糖を添えたものを出しながら、女のひとは、明るい声でいいました。

「父とわたしの写真なの」

「素敵な……素敵な写真ですね」

「そうでしょう」

女のひとは胸を張りました。「父が撮った方の写真は、昔に、カメラ雑誌で、大賞を取ったすごい写真なのよ。自慢じゃないけど、うちの父は、賢くて器用でなんでもできるひとで、カメラは特に得意だったの。父が残した写真はたくさんあるんだけど、天才じゃないかと思ってるのよ。ええ、わたしも写真は撮るから、わかるのよね」

でもね、と、そのひとは短くため息をつきました。

「うちの父は放浪癖があってね。わたしが子どもの頃、どこかに行ってしまって、それっきり帰ってこないの」

そのひとは目を上げました。視線の先に、窓があり、窓の向こうには夜の闇に包まれつつある、山が、鎮守の森が見えました。

「その写真で大賞を受賞した後、消息不明になってしまって。どうもね、うちに帰ってくる気はあったらしいのよ。タクシーが忘れ物をうちに届けに来てくれて、わかったの。楠の葉町に帰るんだって、酒に酔ったようすで、上機嫌でいっていた、って。でね」

女のひとは肩をすくめました。しょうがないわね、というように。

「今日帰るか、いつ帰るか、わたしと母さんでずうっと待っていたんだけど、それっきり帰ってこないの。どうしたんだろうねえ、って、母さんとふたりで何度も話して、でね、きっと照れくさくて帰ってこられないんだろう、って思ったのよね。芸術家らしい、ナイーブで、優しいお父さんだったから。

いつ帰ってくるのかな、と思ううちに、うちの母親は、それなりに年をとって、亡くなったのよね。――父さん、早く帰ればいいのにね」

優しい目で、そのひとはいいました。「窓越しにいつも、お山に祈っているの。鎮守の森に。父さんが早く帰りますように、って。霊験あらたかな山だから、きっといつか、父さんは帰ってきてくれると思うんだ」

微笑むその口元は、優しく柔らかな表情を浮かべていました。

りら子は、ただ、その表情を見つめていました。角砂糖を入れて、甘くした紅茶を飲みながら。

紅茶を飲み終わった頃、にぎやかな足音やおしゃべりする声とともに、女のひとによく似た雰囲気の、ランドセルを背負った子どもたちが、店の中に駆け込んできました。

「ただいま」

「ただいま、お母さん」

「あのね、今日、学童でね……」

「お帰り。ほら、手を洗って。お客様に、いらっしゃいませ、は？」

子どもたちは、ふたりでりら子を振り返り、照れたように笑いながら、「いらっしゃいませ」と声を合わせて叫びました。勢いよく頭を下げたときに、ランドセルの蓋《ふた》がぱたんと開いて、また閉まりました。

花咲家の血を引くであろう子どもたちでした。けれどもそのお母さんと同じに、まるで一族の力の気配は感じられませんでした。

（でもまあ、それもいいのかもしれないな）

りら子は、少しだけ微笑みました。

生まれながらに異能を持つりら子には、その力を持たないひとびとの気持ちはわかりません。でも、持たなくても、知らなくても幸せでいられるのなら、きっとそれでもいいのだ、と思いました。

そのとき、店内の植物たちが、りら子に話しかけてきました。普通のひとびとには聞こえない、かすかな、優しい声で。

『わたしたちは、知っているから』と。

『この家の、昔のお父さんは、山の神様になったんだよね』

『だからね。お父さんがいなくなった代わりに、あたしたちがこの喫茶店を守るから』

ぽトスたちが、そうささやき交わしました。

『言葉は通じないけれど、守るから』

アラビアゴムの木が、ベンジャミンが。見事に長く茂った、ポトスたちが、そうささやき交わしました。

『このお店のひとびとの幸せを、わたしたちが守るから』

『そっと。そっとね』

『ずうっとそうしてきたよ。だから、大丈夫だよ』

笑う植物たちの口調は、ときどき楠夫さんに似て、ときどき楠夫さんの娘に似ていました。緑たちは、親子を見守り、愛し続け、そして、ひそかにささやく言葉の調子は、いつのまにか、家族のように、似てくるものなのでした。りら子の家の緑たちも、ひとに話しかけるときは、もういないお母さんやおばあちゃんの言葉を、真似ることがありました。

「ごちそうさまでした」

りら子はカウンターの奥のお母さんに頭を下げ、子どもたちにじゃあね、と軽く手を振って、席を立ちました。

店の壁の、レジのそばには、ふたりの子どもと、優しそうな男のひとと肩を並べた、幸せそうなひとびとの写真がありました。男のひとは、このうちのお父さんなのでしょう。

りら子は、レジのそば、カウンターの陰に、男物の長靴や、釣り竿があるのに気づきました。釣り竿を持って、子どもたちと一緒に波止場に立つお父さんの写真も、壁にありました。いまのこの家のお父さんは釣りが好きで、そして、この一家は幸せなんだろうな、と思いました。

「ありがとうございました」

女のひとと、そして子どもたちが、声を合わせて、楽しそうにりら子を見送ってくれました。りら子は何もいわず、ただ微笑んで、もう一度手を振り返しました。

温かく明るい空間の、その店の古い扉をそっと閉めて、りら子は、冬の夜空の下へと歩き出しました。息が白く光りました。そう、いつの間にか、夜が訪れていたのでした。

「さて、どうやって帰ろうかな」

時間はたっぷりあります。

いろいろと思考を反芻《はんすう》しながら、また長い道を、のんびり家に帰りましょうか。

「どういう経路で帰ろうかなあ」

ポケットからスマートフォンを出して調べると、この町のバスターミナルから、大きな街の駅に向かうバスが出るようです。

かなり遅い時間まで出るんだな、と、りら子は呟きました。それなら駆け足で、もう一度だけ、鎮守の森に行くことが出来るでしょうか。

夜空を見上げると、北極星がちょうど目に入りました。

振り返ると、遠く、鎮守の森は静かに、影になってこの町を見下ろしていました。大きな優しい腕で包むように、こんもりと茂る木々の葉と枝は、静かに、波の音のように、優しく風に鳴りました。

第五話　空を行く羽根

「あいたたた」

茉莉亜《まりあ》はこめかみのあたりを揉《も》みながら、店から家に通じる廊下を、急ぎ足で歩きました。仏間の箪笥《たんす》の上に置いた薬箱から、頭痛薬を出しました。

台所で水を汲《く》んで、飲んで、一息ついて。

そのまま窓の外を見上げました。

四月の空は、今日は重たい曇り空。一面灰色の、塗りつぶしたような空です。

「晴れて欲しいなあ。低気圧、大っ嫌い」

頭痛持ちには、嫌な天気でした。

今朝からずっと頭が重くて、昼下がりのいまになっても楽にならないので、薬を飲みに来たのでした。少しの間でも店を離れるなんて、茉莉亜には珍しいことでした。

それほど憂鬱《ゆううつ》な頭痛でしたし、すぐに戻ろうと思っていたし、店には桂《けい》もいるから、少しだけならいいだろうと思ったのです。

今日は日曜日でした。

桂は、朝の茉莉亜の様子を心配したのか、

「今日、ぼく特に用事も無いし、一日お店のお手伝いしてもいいよ」

そういって、腰にエプロンを巻いて、開店前から店に出てくれているのでした。木太郎《もくたろう》おじいちゃんは、昨日から造園のお客様に呼ばれて、遠くに出かけています。桂はそれもあって、店と茉莉亜が心配だったようでした。

中学生ながら、店の空気に馴染んでいて、人好きのする桂は、心強いスタッフでした。もちろんレジを任せたり、調理を頼んだりはしませんし、できませんが、笑顔で店にいて、お客さんたちを迎えたり、雑貨や花の買い物の相談に乗ったり、赤ちゃんや小さい子の相手をすることなら、桂は得意でした。

(桂は、この家の誰よりも、店で働くことに向いているのかも知れないわね)

実のところ、カフェを経営している自分、茉莉亜も、花屋の主である祖父の木太郎さんも、店長に向いているかというと、そういうわけでもないだろうと茉莉亜は思っていました。ふたりはよく似たところがあります。器用で勘が良くて、表には出さないけれど、負けん気が強い。興味があることは苦もなく覚えてしまう、趣味人の天才肌。賭けが好きな冒険家。そういう意味では、父の草太郎《そうたろう》さんも同類です。

器用だから店の仕事を楽々とこなすけれど、自分がどこでどんな仕事をしても、それなりにうまくこなすことができるだろうということを、茉莉亜は知っていました。

（ほんとうをいうと、そこまで商売やひとと関わることが好きってわけでもないのよね）

桂が店の客たちに向けるような柔らかなまなざしを、自分は持たないだろうと、茉莉亜は思うのです。あんな目で、ひとを見ることが出来る桂には、接客業の適性があるのじゃないかと茉莉亜は以前から思っていました。

同じことを、他のお店のひとも思うのか、千草苑《せんそうえん》の隣にある書店、在心堂《ざいしんどう》の店長さんからも、桂は気に入られ、「高校生になったらうちでバイトをしないかい」といわれているそうで、桂はその話を嬉しそうに家族に話したのでした。小さい頃から、本が何より好きな桂には、書店員の適性もありそうでした。

（適性といえば、接客業は、りら子も向いてはいるのよね）

桂がお客様に向けるまなざしは、純粋で、優しいものです。おそらくは、小さい頃から店で、町内のひとびとにかわいがられてきたので、店を訪れるひとには好意を持つのがデフォルトになってしまっているのだろうなと茉莉亜は思います。赤ちゃんの頃に母を亡くし、それを不憫《ふびん》がられて、きょうだいの誰よりも、いろんなひとに愛情を注がれ、守られてきた、そのことも桂が街のひとを見るまなざしに影響を与えてきたのでしょう。

それはどこか、花屋やカフェの店員というよりも、ホテルマンのような、一歩踏み込んだ、愛着の強いまなざしでした。家族や昔からの友人に向けるような、そんなまなざしです。その瞳は、子ども向けの図書館の優秀な司書だった、亡き母の優音《ゆの》さんのまなざしにも似ているので、彼女から受け継いだものでもあるのかも知れません。

りら子は同じように深い愛情を持ったまなざしで、店に来るひとびとを見つめるのですが、それは同時に、店を訪れるひとびとを、一歩引いた仲間や友人のような視線で見守る目でした。チェーン店のコーヒーショップのスタッフの目に似ているな、と、茉莉亜は思ったことがあります。

母と死に別れた年齢が違うからということもあるのでしょうけれど、基本的に独立独歩な考え方をする傾向のあるりら子は、桂ほどには他人に寄り添おうとはしません。他人は他人でなんとかするだろうと思っているところがあるようです。ただし、目の端に何かしら困っているひと、迷っているひとを認めたとき、自分が手助けするかどうか判断するその速さは一瞬で、茉莉亜があらあらどうしましょう、と思ったときには、りら子はもうその誰かのそばにいて、「大丈夫ですか」と、手を貸しているのでした。

(どちらかが、このまま店を手伝ってくれるか、継ぐことになるのかな)

茉莉亜は微笑み、軽くため息をつきました。

そうであってもいいし、そうでなくてもいい、と思っていました。店が好きなら継いでくれていいし、重たいのなら、このままでいい。行きたいところがあるのなら、この家のおとなたちは、ふたりを止めたりはしない。

　自分も、祖父も、好きでそうしたとはいえ、ほぼ選択の余地がなく、いまここで働いているところがあります。けれどその代わり、この場所を自分たちが守り抜く覚悟はできていました。この店は、大切で大好きな店であり、大切で大好きな、みんなの家なのです。

　だから桂やりら子には、好きな道を歩んでもらえるように、見守っていることができます。まだまだふたりには、たくさんの可能性がある。どんな未来だって選び取っていける。幸せな未来を摑んで欲しいのです。

（りら子も、ここのところ、いろいろ悩んでいるみたいだったけど、こないだ遠くにひとり旅してからは、ちょっと元気になったかな）

　今日は花束の配達が数件あって、りら子は早い時間から自転車の籠《かご》に花を入れて、出かけていました。

「自転車も好きだけど、いい加減、車の免許とろうかなあ。いまなら時間あるし。せっかくの花が傷んじゃいそうで気になるよ」

　そういいながら。

　前の籠に豪華な花束を入れた自転車は、重たそうで、でも綺麗《きれい》でした。店の前でりら子が出かける準備をしていると、通りすがりのひとびとが、花束に見とれます。

花たちは褒められるたびに嬉しそうで、そして、張り切っていました。

『しゅっぱーつ』

『いけいけごーごー』

花たちが笑ったり、とりとめもなくうたったりしている声を聴きながら、茉莉亜はりら子を見送りました。

「行ってきまーす」と、りら子は自転車をぐっと押し出し、弾《はず》みをつけて、四月の朝の空気の中へこぎ出していきました。

(ふたりとも、いずれこの街を離れて、どこかへ行くも良し。ここに残るも良し)

茉莉亜は、空を見上げて微笑みました。

ふと、もしふたりがこの店を継ぐというのなら、自分がどこかに旅だってもいいのだな、と思いました。切ないような、ときめくような、そんな気持ちが胸の中で膨らみました。

桂やりら子の年の頃の自分の夢は、この街を離れて、どこか遠くで、ひとりで生きていけるおとなになることだったのです。

(アナウンサーになりたいって思ってたんだ。キー局のアナウンサー。ニュースを読んだり、外国の要人や、芸能人に取材したり)

（事件記者もいいかも、って思ってたわ。巨悪を追及したり、海外の戦場に赴いたり）

（夢は夢でしかなかったんだけどね）

願えば、どんな夢だって叶うと思っていました。自分の人生は、思うようになると。物語の主人公のように、生きていけると。

（子どもだったのよねえ）

茉莉亜は、くすりと笑いました。

生まれ育った故郷の街で、こんな風に静かに暮らすようになるなんて、思ってもみなかった時代がありました。懐《なつ》かしくて、自分がかわいく思えて、しばらく笑っていました。嫌な感じの笑い方ではありませんでした。

いまの現実が幸せでないということではないのですから。何よりも、茉莉亜は、自ら望んでいまの暮らしを選び、続けているのです。

薬を飲んだ後を片付け、自分の肩を叩いたとき、ふと、耳を澄《す》ましました。

（あら、誰かうたってる？）

茉莉亜は、小首をかしげて、店の方をうかがいました。知らない歌でしたが、綺麗なメロディの曲でした。ここからでは、歌詞はよく聴き取れませんが、切ない曲調の、でも懐かしいような、何かに憧れるようなメロディの歌だと思いました。

はるかな故郷の……帰らざる……
憧れの……
遠い追憶……を……が
帰りたい……祈りの……声を

雲雀《ひばり》の声のような、華やかに澄んだ声でした。

植物の声ではありません。人間の、若い女性の声でした。

最初は有線かラジオの音かと思ったのですが、千草苑では、この時間はああいった感じの歌が流れるような番組は流していないはずでした。

それに何より、リアルな歌声というのは、どこか違うものです。聞こえ方も違うし、何より植物たちが喜びます。廊下や居間に飾ってある観葉植物たちが、まるでうさぎが耳を立てるような感じで、聞こえてくる歌声に耳を澄ましているのが茉莉亜にはわかります。

人間には聞こえない声で、緑たちは合唱を始めていました。ひとの声が大好きなのです。

（さてさて、どうしてうちのお店で、素敵なリサイタルが始まっちゃってるのかしら）

茉莉亜は店へ続く廊下を急ぎました。

自分の店なのに、なぜか息を潜《ひそ》め、ひょこっと顔をのぞかせました。

千草苑の花々が、みんな、太陽の方を向く向日葵《ひまわり》のように、歌声の方に意識を集中しているのが、茉莉亜にはわかりました。どうも、切り花が入れてある冷蔵庫の前の辺りに誰かがいるようです。そちらから声がします。

風の音に　しばし耳を傾け
川のせせらぎに　思いを馳せ
帰らざる　故郷を思うとき
歌の中に　蘇る
懐かしき　森よ　草原よ
再び　帰りえぬ　故郷の

花の香りよ
いま　ここに

そのとき、茉莉亜ははっとしました。

歌声を知っているような気がしたのです。

（ええと、この声、どこかで聞いたことがあるような気もちょっとはするけれど……）

（誰の声だったかしら？）

こんなに歌が上手な知り合いはいなかったような、と茉莉亜は腕を組みます。ラジオの関係で出会った誰かでしょうか？

高く澄んだ声はいまは茉莉亜の知っている曲――『庭の千草』をうたっています。それはけっして大きな声ではなく、控えめに、あたりに気を遣うように、そっとうたっているような声量なのですが、通る声なので、店の中に響き渡っていました。

草花や、木たちが、自分の声にあわせてうたっていることに、声の主は気づいていないのだろうな、と茉莉亜は思いました。――あんなにかわいらしい、楽しそうな声なのに。

その声たちに、歌い手は取り巻かれ、かわいい声の渦の中に立っているのに。祝福されているように。

いまは春、花屋に色とりどりの花があふれる季節です。籠に入れられたスプレーカーネーションやミニ薔薇《ばら》や、添えられたアイビーにポトスが、大きな鉢に植えられたカポックが、椰子《やし》の木やゴムの木が、声の聞こえる方を、一心に「見つめ」うたっています。

茉莉亜は、花と緑の間から、声の主を探し、そして、小さく呟きました。

「まあ、ゆすらさんだったの……」

それはほんとうに、ほんとうに小さな声だったのですけれど、うたっていた娘ははっとしたように口を閉じ、小動物のように身を縮めて、茉莉亜を振り返ったのでした。

色の白い頬が、さあっと赤くなります。

あまり似合っていない大きな赤いフレームの眼鏡の奥の目が、おどおどと茉莉亜の表情をうかがいます。癖《くせ》のある髪を編んだ、ふわふわの三つ編みのお下げのせいか、それともその目の表情のせいか、たれ耳のうさぎに似て見えました。背が低くて、ウェイトレス姿の帽子や、白いエプロンドレスが大きく長く見えるせいもあるのかも知れません。

近所の古いレストランで、昨年の秋頃から、働いている少女でした。九州の小さな町から、知人を頼って出てきたらしい、と誰かから聞きました。

レストラン等々力《とどろき》の経営者は、花咲《はなさき》家の遠い遠い親戚にあたります。その家のひとびとは、もはや植物と語り合うこともできないほどに、遠い親戚ですが、家が近所だということもあり、代々、千草苑はレストラン等々力と仲良くつきあってきていました。

等々力のいまのオーナーは若い頃、都会で有名な劇団に所属していたという、演出家で脚本家、筆名を轟《とどろき》雅夫《まさお》というおじいさんです。

レストランの地下には、戦前からあるという、小さいけれど見事な劇場があり、そこで轟さんの劇団エテルニータや、地元の他の劇団が、ときどきお芝居をしていました。千草苑やカフェ千草では、そのチケットを頼まれて店に置くことがあります。

「ま、茉莉亜さん。えっと、あの……」

恥ずかしい、もう死にそうに恥ずかしい、そんな表情で、ゆすらはうつむきました。

「店長に、いわれて、お店の、お花を買いに来たんですけど……けど、ごめんなさい」

「なんで謝るの？」

「か、勝手にうたっちゃって。お店のお花が、みんな綺麗で、ついうたいたく……なって」

茉莉亜は微笑みました。

「思いがけず綺麗な歌が聴けて、幸せな気分になったわ。頭痛が酷《ひど》かったんだけど、いまの歌声で忘れちゃったくらい」

うう、とゆすらは口ごもりました。

そのままその場で、もじもじしながら、立ち尽くします。

（ほんとに小動物みたい。うさぎか、りすよね）

茉莉亜はくすくすと笑いました。

「ゆすらさん、かわいい」

「そ、そんなことは……」

さらに赤くなって、小さな手をぶんぶんと振りました。

ゆすらという少女は、いつもこうでした。気が小さくて、控えめで、うつむきがち。言葉に九州のなまりがあることが恥ずかしいといって、ひととなるべく話そうとしません。レストランのお使いで、数日おきに花やコーヒー豆を買いに来るのですが、茉莉亜と目が合うと、赤くなるかぎこちない表情で笑い、やっと買い物だけして、帰って行くのでした。

けれど、どうも茉莉亜や木太郎さん、この店の人間に興味があるのか、もしかしたら訊きたいことがあるらしく、振り返るとそこにいて、じいっとこちらを見ていたりします。意を決したように、何かいいかけるときもあるのですが、そのたびに、「や、やっぱりいいです」と逃げられていました。まるで神秘的な野生動物のようだと茉莉亜はいつも密かに思っていました。

けれど、レストランのお使いで店に来る彼女と、少しずつでも言葉を交わすうちに、その表情を見るうちに、茉莉亜はこの子のことを好きになってきました。——なぜって、店の植物たちも、ゆすらのことが好きだと、よくささやいていたからです。

ゆすらは花と緑が大好きなようでした。千草苑に来るのが、いつもとても楽しみなようでした。そんなこと、言葉にしなくたって、表情と仕草でわかります。レストラン等々力からのわずかな距離を、ゆすらはいつも、目を輝かせ、なかば走るようにしてやってきます。店中の草花の、ひとつひとつに目をとめて、美しい花弁にはため息をつき、つややかな緑の葉には、ほんの少し指先でふれ、丈高い観葉植物や樹木の鉢は、腰に手を当てて、尊敬するようなまなざしで見上げるのです。

レストランの入り口や、テーブルに飾る花を選んで、それを抱いて帰るときは、幸せそうな笑顔になって、腕の中の花に微笑みかけながら、ゆっくりと歩いて帰ります。

よほど植物が好きなんだろうなあと思っていました。植物たちにもその思いは通じるので、みんなゆすらが店に来ると、人間には聞こえない声で、ささやき交わし、いらっしゃいと声を上げ、大歓迎していたのでした。

「ゆすらさん、さっき、うちの花が綺麗だからうたいたくなった、っていってたでしょう?」

「は、はい？」

「綺麗なものをみると、うたいたくなるの？」

うう、とゆすらはうつむきました。額に汗が浮かんでいます。

「はい。あ、いいえ、違う、かも」

「違う？」

「わたし、花が好きなんです。……田舎が、あ、いえ、田舎だった村が、綺麗な花がたくさん咲くところで、わたし、季節ごとに、花が咲くと嬉しくて、うう、うたってたんです。何かこう……花たちもうたっているような気がして。自分も一緒に、うたいたくなって。

こっちに来てから、うたうことはなくなってたんですけど、今日は、山桜桃《ゆすらうめ》があったから……懐かしくて。嬉しくて。あのう、山桜桃、わたしは、子どもの頃から、特に好きで、大好きで。いちばんの友達で、自分のお姉さんみたいに、思ってた、んです……」

眼鏡の奥の優しい瞳が、ショーケースの中の、満開の山桜桃を見ました。そういわれた山桜桃は、ちょっと得意そうにしていましたが、ゆすら本人は気づかないようでした。

もしかして、ゆすらという名前は、山桜桃にちなんでいるのかな、と、茉莉亜は思いました。妖精のように白い花は、ゆすらととてもよく似合って見えました。

「そうなの」茉莉亜は、身を屈め、ゆすらの顔を覗き込むようにしました。

その耳に、ささやくように訊きました。

「――花たちの歌声が聞こえたの?」

ゆすらは顔を上げ、汗ばんだその表情で、しばらく茉莉亜を見つめ返していました。そして、また顔を伏せました。

「いいえ、き、聞こえたらいいなって思ってるんですけど。お、お、お花、大好きなので。ずっと、ずっと思ってたんです。花にも心や、魂があるのかなあって。わたしはあると思ってるんです、信じてて。だから、声が聴きたいなあってずっと思ってたんです。こんなこと考えるの、変、ですよね?」

「ぜんぜん」

茉莉亜はにっこりと微笑みました。

ゆすらは、茉莉亜をじっと見つめました。

ありがとうございます、と小さな声でいいました。

「……花や木の声を聴きたくて、子どもの頃から、ずっと耳を澄ましていて。でもわたしには、何も、聞こえませんでした。一度も。

一度だけでもいい、故郷の花たちとお話ししてみたかった……なあ」

ゆすらの言葉は、たしかに少しだけ、九州の訛りがあって、でも声の響きが美しいので、その訛りさえも、心地よく聞こえました。

(気にしないで、話してもいいのに)

茉莉亜は惜しいと思いました。歌声だけじゃなく、話す声だって、鈴が鳴るような、かわいらしい声です。ずっと聴いていたい声。小鳥のさえずりのような。

ゆすらは、もう一度、同じ言葉を繰り返しました。

「花たちと、お話ししてみたかったなあ」

うつむいて、どこか悲しげに笑いました。そしてふと、狂おしいような表情を浮かべたまなざしで、茉莉亜を見上げました。

「い、一度訊いてみたかったんです」

「まあ、何をかしら？」

「このお店のひとたちは、お花の声が聞けるんだぞ、って店長から前に聞きました。植物と話すことができるって。友達や家族みたいに。

そ、それって、ほんとうでしょうか？」

言葉を絞り出すように口にして、そのままゆすらは、茉莉亜を見上げていました。

茉莉亜は何も答えず、微笑みました。

「あなたはどう思うの？」

ゆすらは、途切れ途切れに、いいました。

「お伽話《とぎばなし》みたいだって思うけど、でも……そんなことがあってもおかしくないと思ってます。……信じたい、です。わたし花が大好きで、小さい頃は、友達は花だけだったので」

「お花が友達だったの？　お花、だけが？」

ゆすらは、恥ずかしそうに、

「わたし、すごい田舎の子どもで……村には、他に同じくらいの年の子がいなくて、子どもの数が、減っている、村だったので。わたし、野原とか、森で、緑とお話しして、遊んでたんです。誰も、いなかったから。『みんな』のことが大好きで、いつも『みんな』に見守られているような気がしてて。だから、いつも『みんな』のことが大好きで。うたったり、お話ししたりしたら、『みんな』喜んで、褒めてくれる、気がして。気のせいだったのかも、しれないけど」

千草苑の植物たちは、うなずくような、そんな「表情」をして、ゆすらの言葉を聞いていました。よくわかる、というように。

茉莉亜は、微笑ましい、そんな気持ちで、うんうん、とゆすらの言葉を聴き、緑たちの様子をうかがっていました。

（その『みんな』は、きっとほんとに、この子の歌を喜んで、口々に、上手だって褒めたりしてたんでしょうね。その声が、この子には聞こえなかっただけで）

でも、はっきりとは聞こえないまでも、耳には届かなくても、植物たちの思いは、きっと暖かな空気や優しい風になって、この子を取り巻いていたんだろうな、と、茉莉亜は思いました。ひとりぼっちのこの子を、緑たちは優しく見守っていたのでしょう。

小さな友人を見るように。我が子を見るように。茉莉亜の知る植物たちが、人間たちに向ける、あたたかなまなざしと同じものを。

「もしあなたが、植物が好きで、植物が見守ってくれていると思ったのなら、きっとそうだったんだろうとわたしも思うわ」

茉莉亜は、優しい声で話しかけました。

「植物たちは、ひとから話しかけて貰うのが大好きなの。うたって貰うことも。だから、今度あなたが里帰りしたときに、お友達だった植物たちに、うたってあげたら、きっと」

「いえ」と、ゆすらは言葉を遮《さえぎ》りました。

「無理です、そんなの」

「──無理？」

ゆすらは、きゅっと唇を嚙みました。泣きそうにひずんだ声で、早口にいいました。

「『みんな』もういないんです。だからもう、あえなくて。もう、お話も……できない」

「いない？」

ゆすらは顔を上げ、何かいおうとして、もう何も言葉にならないようでした。ただ一筋、悲しげに歪んだ頰に涙が伝い、そして、くるりと背を向けると、店を出ていったのでした。

「ゆすらさん……」

茉莉亜はその背中に手を伸ばそうとして、しばし考え込みました。

「ええと、帰っちゃったけど、あの子、お店のお花、買いに来たんじゃなかったのかしら」

そのとき、ぱたぱたと駆ける足音が店の外でしました。慌てたように扉を開いたのは、桂でした。

「あらあら、どこに行ってたの？」

「ごめんなさい。すぐ帰るつもりだったんだけど、意外と時間がかかっちゃって。頭痛、大丈夫？　お客様、大変じゃなかった？」

桂は店の中に駆け込んできました。植物たちが、お帰り、お帰りお疲れ様、とそれぞれに声をかけます。ただいま、と、桂は返事して、茉莉亜のそばに駆け寄りました。

どこからともなく小雪《こゆき》が飛び出してきて、その肩に駆け上がります。桂はそれを抱き留

めてやりながら、

「仏様に供えるお花を買いにいらしたおばあちゃんが、お会計すませて店を出た後、そこでころんで、足くじいちゃったんだ。近所の方みたいだったから、家まで送ってきた」

「まあ」

「他にお客様いなかったし、おばあちゃん、足がすごく痛そうだったし。そのう、荷物たくさんで、花も傷みそうだったんだもん……」

言い訳するように、口ごもる桂の、その頭を軽く叩いて、茉莉亜はただ微笑みました。

褒めちぎるわけにはいかない行為ですが、叱るのもおかしな話でした。いまはまだ、この子の優しさを大事にしたいと思います。そもそも茉莉亜が、この場所を離れていたのがいけなかったのですから。

「ゆすらさんが引き返してきたのかと思ったわ」

「ゆすらさん？　ゆすらさんって、レストラン等々力のウェイトレスの？」

「そうそう。歌がとっても上手なのね。いまお店でうたってて、びっくりしちゃった」

「ああ」と、桂は笑顔でうなずきました。

「そっか、やっぱり歌が上手なんだね。その歌、ぼくもきいてみたかったなあ」

「やっぱり？」

「うん。歌がとっても上手らしいって、轟さんのところで評判みたいなんだよ。だけど、なぜか人前ではちゃんとうたおうとしないものだから、『幻の歌声』とか劇団でいわれてるんだって。轟さんとしては、女優として地下劇場の舞台でうたってほしいらしいんだけど」

桂は劇団のひとびとにも何かとかわいがられていました。その関係で、誰かにそんな話を聞いたのでしょう。

「女優？『幻の歌声』？」

茉莉亜が訊き返すと、桂は、ちょっと得意げに、そっかお姉ちゃん知らなかったんだ、と、いいました。声を潜めて、

「ゆすらさんは、どうも本心ではね、舞台に立ちたいらしいんだ。小さい頃から歌やお芝居が好きで、もともとそのつもりで、田舎から出てきたんだって。ゆすらさんの中学高校時代の先輩ってひとが、轟さんの劇団に先に所属してて、そのひとがゆすらさんを、轟さんに熱烈に推薦したらしいんだよ。それで、轟さん、風早《かざはや》にゆすらさんを呼んだんだ。だから、あのひとは、レストラン等々力でアルバイトしてるんだよ」

なるほど、と茉莉亜は思いました。

あれだけ歌がうまく、声が綺麗なら、女優や歌手、舞台に立つことを夢見ても変ではな

いだろうと思いました。むしろ当たり前です。

「舞台に立つことを夢見るには、ちょっとだけ、引っ込み思案みたいだけど……」

つい茉莉亜が呟くと、桂がうなずきました。

「だけど、歌、上手だったんでしょう？」

「それはもう、とってもね」

「えっとね。お姉ちゃんにはわかりにくいかもしれないけど、ぼくにはちょっとわかるよ。大好きなことがあって、叶えたい夢があっても、内気で怖がりで、一歩踏み出す勇気が出せないひとって、わりといるんじゃないのかな」

優しい声で、桂はいいました。

「大好きだからこそ、思いが溢れて、声が出なくなったり、前に進むのが怖くなることって、あると思うんだ。誰かに才能があるっていわれても信じられなかったり、自分なんかが、こんな夢を見るのは、分不相応じゃないかな、とか。その、想像だけどさ」

最近声変わりした桂は、大人びたよく通る声で話すようになりました。つい数年前まで、何かあるとすぐ泣いていた、優しいけれどどこか弱々しかった子どもとはまるで別人のようです。いいたいことがあっても、言葉が出るその前に涙があふれ出してしまう、あの男の子はもういないのです。物語の本を抱きしめて、自分の部屋にこもっていた男の子は。

「うん、まあたしかにそうかもねえ」

茉莉亜は呟きました。

そう、たしかに、自分にはわからないのかも知れないな、と思いました。人前に出ることを怖いと思ったことはないし、声を出すことを苦だと思ったこともありません。

茉莉亜は腕組みをしました。

「……わたし、けっこうがさつなところあるものね。怖いものなしっていえば聞こえがいいけど、無謀だってことだし。多少、繊細さに欠けるところはあるかも知れないわねえ」

あはは、と桂は笑いました。

「茉莉亜お姉ちゃんは、いいんだよ、それで。昔っから、お姫様みたいなひとだなって思ってた。かっこいいなあって」

「お姫様って、かっこいいの？」

「うん」

今時はそういうものなのでしょうか。

お姫様といえば、と、桂は手を打ちました。

「轟さんにこないだ聞いたんだけど、劇団エテルニータの次のお芝居は、お姫様の話にするんだって。ヒロインのお姫様の妹のひとりが、大事な役所《やくどころ》なんだけど、歌が上手なお姫様なんだって。その役を、ゆすらさんに演じてもらうつもりなんだっていってた」

(エテルニータの、舞台に……?)

(重要な役所で?)

それは大変なことです。

茉莉亜は顎に手を当てました。

等々力のおじいさん、こと、轟雅夫さんは、若い頃、演出家兼脚本家として都会で鳴らしたというひとです。作曲家でもありました。家業を継ぐために、都会から帰ってきたわけですが、それはけっして都落ちではありませんでした。

その昔、祖父の木太郎さんは、若き日の轟さんから、こんな言葉を聞いたそうです。

「ぼくはそもそも、有名になりたかったわけじゃない。そんなことのために、都会で芝居をしていたわけじゃない。ひとつのドラマチックな空間を作り上げて、そこにいるみんなとひとつの世界を共有できればそれでよかったんだ。

だから俺は、これからは故郷で芝居をしようと思う。そして俺は、戦前からある、このレストランの地下でちゃんと焼け残ってくれた、ぼくが受け継いだ、小さな舞台を守りたいんだ。都会にはやまほども演出家や作曲家、脚本家がいる。でもね、この舞台を守り、未来に残せるのは、ぼくしかいないからね。だから、戻ってきた。それだけの話さ」

小さな劇団エテルニータは、それからもう数十年も、轟さんと一緒に時を重ねてきました。いまでは知る人ぞ知る、レベルの高い劇団です。この地に限らず、全国から集う、若き劇団員たちは、この街で下宿し、働きながら、轟さんの書いた脚本で、舞台を演じます。劇団員のなかにはのちに都会に出て、いまではテレビや映画に出るようになったひとも多いのでした。そういうひとたちから、劇団の公演の時に、見事な花が贈られたりするので、茉莉亜は有名な女優や俳優の名前を、何度もカードに書いたことがありました。

(——ということは、本人さえその気になれば、ゆすらさんの未来が開けるのは決まってるってことなのね)

むう、と、茉莉亜は指先を噛みました。

何だかもったいない話だと思いました。

りら子が帰ってくるのを待って、茉莉亜は適当な花を見繕い、レストラン等々力に向かいました。

裏口から厨房に入ると、轟さんが、ヘッドフォンで音楽を聴きながら、リズミカルにからだを揺らして、つややかな褐色のシチューを煮込んでいました。漂う素敵なソースの香りからして、オックステールのシチューのようです。昔からこのお店の名物料理でした。夜の定食のメインは、この美味しそうなシチューなのでしょう。

「ん、茉莉亜ちゃんか」

ヘッドフォンをはずすと、ボーカロイドがうたう美しいメロディが聞こえました。

風の音に　しばし耳を傾け
川のせせらぎに　思いを馳せ
帰らざる　故郷を思うとき
歌の中に　蘇る
懐かしき　森よ　草原よ
再び　帰りえぬ　故郷の
花の香りよ
いま　ここに

「あら、この歌は……」

さっき聞いたような。

「新曲だよ。聞くかい？」

轟さんは、ヘッドフォンを貸してくれました。片方の耳に当てて聞くと、やはり、さっきゆすらがうたっていた、あの歌でした。

「次の舞台のために書いた曲なんだ。ヒロインの妹のお姫様がうたう曲でさ。末娘のすごくかわいいキャラの子なんだけど、その子が物語のテーマをうたってる、大事な曲なんだ。なかなかうまく書けたと思ってるんだけど、これをうたう子のことで、悩んでてね」

「難しい曲みたいですしねえ」

「いや、うたえる子がいるんだよ。うちの劇団員が、だいぶ前に、自分のスマートフォンに録音していたその子の歌声を聞かせてくれたんだけどね。それは高校生の頃の歌声だって説明を聞いたけれど、耳の底に残る声だった。で、風早に呼んで、うちの劇団の練習生になってもらったんだ。本人も歌か芝居で生きていきたい希望があるようだと聞いていたしね。

けどそれが、いざ舞台デビューが決まったら、わたしには舞台に上がるのは無理です、怖いです、才能なんてありません、とかいうんだよ。

で、実際、稽古では、まったくうまくうたえないんだ。音は取れないし、声も出ない。いまや発声練習の時から、まともに声が出なくなっちまった。どんどん下手になっていく。気持ちが負けちゃってるんだよ。本気になれば、うたえないはずがないのになあ」

　轟さんは、ゆるく首を振りました。

「――ゆすらさんですか？」

　轟さんは、ぎょろりと目を上げました。

「さっきたまたまうたってるところを聞いたんですが、たしかに上手でしたよ」

「えっ、そりゃ、どこで？」

「うちの店で。お花に歌を聴かせてました。楽しそうに。この歌でした」

「えええ」

　轟さんは、複雑な表情を浮かべました。

「じゃあなんで、自信が無いなんていうんだろう。なんだって、稽古の時には、うまくいかないのかなあ」

「そうですねえ」

　茉莉亜は頷きました。

「稽古だと緊張しちゃうとかでしょうか。でも彼女、うたうことは好きみたいですし、いつか決心がつけば、自分から舞台に上がりたいっていってくれるんじゃないでしょうか」

事情はよくわかりませんが、もしゆすらが舞台に上がりたいのなら、人前で声を出すことが望みなら、いつかは覚悟を決めなくてはいけないのです。

「あ、それで、ゆすらさん、お花買うの忘れて帰っちゃったみたいで。轟さん、困ってないかなあと思ってうかがったんです。いつもの感じで、適当に見繕ってきました」

「おおっと、そりゃサンキュー。助かるよ。ゆすらちゃん、どうしたんだろうなあ」

厨房からレストランの店内に出る扉のそばの床に、花を水に入れておくための大きなバケツが置いてあります。小さい頃からよくこのお店にお使いに来ていたので、茉莉亜はそれを知っていました。

バケツに花を入れようとして、

「轟さん、よかったら、今日は、お店のお花、わたしが生けましょうか？」

「ああ、助かるなあ。そいつはほんとに助かるよ」

轟さんは、心底助かったようにいいました。

「ぼくには花を生けるセンスがなくってねえ。ゆすらちゃん、そういうのうまいから、あの子が来て以来助かってるんだが、さっき出ていったっきり、帰ってこないんだよ。てっきり千草苑にいるとばかり。

いいのかい。大丈夫かい？　そっちの店は、いま、忙しくないのかい？」

「りら子と桂がいますし、そろそろ祖父も店に戻る時間ですから、手は足りてます」

「ありがとうよ」

「お互い様です」

茉莉亜は笑いました。子どもの頃、家の仕事が忙しいときは、よくきょうだいでこのお店にご飯を食べにきました。配達を頼んだこともあります。そんなとき、ハンバーグ定食に、おまけのゼリーが添えてあったり、オムライスにピースマークが描いてあったりしました。子ども特有の遠慮のなさで、呼ばれるままに厨房に出入りして、味見をさせて貰ったり、調理を教わったりしました。家庭を持たず、このレストランの上の階、屋根裏部屋でひとり暮らしている轟さんは、人間好きで、みんなの輪の中にいるのが好きなタイプですが、おそらくは家族を見るような目で、花咲家の子どもたちを見守ってくれていました。

茉莉亜は料理の基礎を、轟さんに教えて貰ったのでした。カフェの経営を始めてからは、飲食業界の様々なことについての相談にも乗って貰っています。

店の入り口の大きな壺に花束ひとつ分。六つあるテーブルの小さな花瓶六つ分。カウンターにある花瓶にも花束を。

店で花を選んだ時点で、どんな風に生ければいいのか、取り合わせを考えてきていたので、茉莉亜には難しいことではありませんでした。バケツに入れられた花たちが、澄ました表情になり、生けられるのを待っています。

店内は、いまはディナータイムに入る前の、準備の時間でした。明かりを落としたレストランの、丸いテーブルに白いテーブルクロスを掛けた、古風な様子を見るともなく見ていると、静かにノブを回す音がして、うつむき加減に、ゆすらが外から帰ってきました。

逆光になって、その表情はよくわかりませんでしたが、手の甲を目に当てる仕草と、震える肩で、ひどく泣いた後なのかな、と、茉莉亜は思いました。

茉莉亜が声をかけようとするその前に、気配に気づいたのか、ゆすらは顔を上げました。

はっとしたように、

「あ、お花……」

「大丈夫よ。わたしが持ってきたの」

茉莉亜は、バケツの方を、肩で指しました。

「ゆすらさん、一緒に生けましょうか？

山桜桃、持ってきましたよ」

ゆすらは大きく息をつき、うなずきました。

ふたりで花を生けながら、茉莉亜とゆすらは、とりとめもない話を少しだけしました。

そろそろ店全体の花を生け終わるという頃に、

「さっきの歌だけど」

茉莉亜は話しかけました。

「今度のエテルニータの舞台の、大事な歌なんでしょう？　ゆすらさん、すごいわねえ」

ゆすらは、生けかけた手を止めました。

ちょうど、山桜桃の枝を抱え、店の入り口のお客様を歓迎するための壺に入れようとしているところでした。

「ヒロインの妹の、お姫様の役なんですって？　綺麗な曲だって思ったんだけど。なるほど、素敵だったわ。舞台映えしそうな歌。

夏の公演の予定だってきいたわ。わたし、その舞台見に行ってもいいかしら」

「うたいたくなんか、なくて……」

小さな声で、ゆすらがいいました。

「え？」

「舞台で、うたえる自信が……なくて」

ゆすらはうつむきました。「エテルニータは、その、立派な劇団です。そこで、わたしなんかがうたっちゃ駄目なんです。……轟さんは、わたしのこと、買いかぶってるんです。わたしのこと推薦してくださった、先輩も」

「でも、さっき聞いた歌は上手だったわ」

「あれは……昔、村でうたったときのことを思い出して、それで気持ちよくうたえたから、です。いつもはあんなにうたえません。さっきのは、まぐれです。きっと、舞台の上では無理です。失敗します。するに決まってるんです。へたくそだもの」

茉莉亜はその時、ゆすらの腕の中の山桜桃の花が、心配そうに震えているのを感じました。何かいいたそうにしています。

「痛い」

小さくいって、ゆすらがふと、自分の左の手首の辺りを押さえました。その左手首が赤くなっていました。薄く盛り上がった、古い傷口があります。

「どうしたの？　大丈夫」

はい、と、ゆすらは小さく答えましたが、眉間にしわがよっています。

「小さい頃、山で怪我をしたんです。……診療所が休みの日だったんで、病院に行かないで治しちゃったので……何かの弾みに、いまも、痛むときがあるんです。……いたた」

「まあ。ひどく痛んだりするの？」

ゆすらは小さく頷きました。じっと手首を押さえ、そして顔を上げて笑いました。

「でも、この痛みがあるうちは、故郷と、大好きだった『みんな』のことを忘れないでいられるから、それでもいいかな、って思うんです。……だってもう、『みんな』に会うことはできないから。忘れていくだけだから」

「どうして会えないって思うの？」

「うちの村、ダムの底に沈んじゃったんです」

ゆすらは、手首を強く押さえ、そっと目を閉じました。その目に薄く涙が滲みました。

「春でした。たんぽぽも蓮華《れんげ》も、山桜桃も、みんな綺麗に咲いていたのに、水に沈められてしまったんです。……助けてあげたかった。でもわたし、小学生だったから、何もできなかったんです。水に沈んでいく『みんな』と、さよならすることしかできなかった」

「仕方が無いって、村のみんなはいってました。うちの父さんと母さん、おばあちゃんも……」

静かに、少しずつ、ゆすらは言葉を口にしました。その手の中で、山桜桃の枝がふるふると揺れていました。

「治水のため、発電所を作るため、ということで、わたしの故郷は――谷底にあった小さな村と、まわりの森や野原は水底に沈んでしまったんです。……わたしが小さい頃は、故郷をなくすな、と反対運動が盛り上がった時期もあったらしいんですけど……大きな道路が通ったこともあって、気がつくとみんな都会に行ってしまって、村には、年寄りばかりが住むようになっていたんです。

若い人がいなくなって……小さい子の声もしなくなって……お店の数も減って、お買い物は遠くに行かないといけなくなって。風の音とテレビとラジオの音しかしない、さみしい、静かな村になっちゃって。そのうちに、麓の町に、みんなで引っ越して、さみしくない便利なところで暮らそうっていうことになって。

それで、村はなくなってしまったんです。

ええ、村のみんなとは一緒でした。お別れしないですんだんですけど、わたしの『みんな』は植物だから、一緒に行けませんでした。

お別れをしたのは春で、その年は特に、桃も桜もたんぽぽも菜の花も蓮華も一時に、ぱあっとすごく綺麗に咲いて、『みんな』がこの世界にさようならをいってるみたいでした。桃色と黄色、紫が山間の村を染めて、色の——色の波が、世界を覆い尽くすみたいだった」

ゆすらはうつむきました。

「……子どもの数がどんどん減っていった村で、わたしは、最後まで残った小学生でした。年が近い友達がいないから、いつも花や木に話しかけていたんです。テレビやラジオで覚えた歌や、ドラマの台詞を、聞いて貰っていたんです。花や木は、友達でした」

その手がそっと、左の手首を撫でました。

「危ないところを、山桜桃の枝に支えて貰って、助かったこともあるんです。——助けて貰ったって、思ってます。

山桜桃は特に仲良しだったんです。仲良しだって、勝手に思ってました。花も実も綺麗で大好きだったし、わたしが生まれる前から、うちのそばにあった木だってきいてたから、わたしのお姉さんだと思っていました。草木はみんな好きだったけど、あの山桜桃は、特別に大好きだったんです。なんでもお話しして、聞いてもらっていました。そんな気分になっていました。

六月の、梅雨の時期に、わたし、山道で転んだんです。崖の下に落ちそうになったのを、山桜桃の木に支えて貰って、落ちなくてすみました。怖かったし、痛かったです。折れた山桜桃の木の枝で、ざっくり手首を切ってしまったので。……でも、山桜桃も、赤い実をたくさん落としたんです。ちょうど、実がなる時期でした。崖下に落ちていった赤い実は、まるで、わたしの代わりに山桜桃が流した血みたいでした。

　中学生になる頃、村は沈んだので、わたしはそれから山の麓の町で育ちました。高校生の時、同じ学校の先輩で、わたしをかわいがってくれていたひとが、わたしの歌が上手だといって、褒めてくれたんです。中学高校と一緒で、かわいがってくれていたひとでした。演劇部に誘われて、お芝居をすることになりました。わたし、その町に行くまで、そんなふうに先輩からかわいがられるって経験、したことがなかったから、嬉しくて。

演劇部、楽しかったです。みんなでお芝居したり、うたったりするの楽しかった。だから先輩が卒業して、風早の劇団に行くって決めたときはさみしかったし、エテルニータの主宰者さんにかけあった、ゆすらもおいで、アパートで一緒に暮らそう、っていってくれたときは嬉しかった。

　先輩のおかげで、すごい劇団に入れて貰えるかもしれないって、ことになって。でも……怖くなっちゃって。だって、みんな、あのう、劇団のひとたちは、本気だったから」

　ゆすらは、深く息をつきました。

「……よく考えたら、わたしはもともと、野原や森で、草や木とうたうのが好きだっただけで、演劇部でみんなとお芝居するのが楽しかっただけ、それだけ、だったんです。ずっとこんな風でいられたらな、って思ったから、それができるなら、舞台に上がれるお仕事がしたいな、ってちょっと思っただけで。

でも、この街に来て、エテルニータの練習を見ていたら、みんなすごく上手で、みんなすごく真面目で、わたし、なんでここにいるんだろうって。わたしなんか、田舎の子で、なまりもひどいし、あがり症で、普通にお話しするのもうまくないのに。もともと歌なんて野原で好きなようにうたっていただけだし。場違いでしかないって思って。練習しても、全然、うまくならなくて。みんなについていけなくて。いつまで経ってもへたくそで。なのに、今度の舞台で、わたし、重要な場面で歌をうたう役に、抜擢されちゃって」

言葉は次第に早口になり、そして、ゆすらは、あえぐような息を漏らしました。

もしかしなくても、この子には、こんなにたくさん一気に話すのって、あまりないことなんだろうなあ、と、茉莉亜は思いました。

「わたし、何の……何のためにうたうのか、わからなくなってしまったんです。ううん、歌をうたうことが、ほんとうに好きなのかどうかも、わからなくなっちゃって。『みんな』のためにうたっていた頃は、楽しかったけれど、『みんな』はもういない……」

頰を、すうっと涙が伝いました。ゆすらは、似合っていない眼鏡をはずし、自分の涙をエプロンで乱暴に拭いました。

そのときに、わずかに眼鏡の下の顔が見えて、茉莉亜は、ああもったいない、と思いました。眼鏡をはずしたゆすらの目は大きく（度の強い眼鏡なのでしょう）、睫毛は長く、舞台映えしそうな顔立ちだったのです。癖っ毛をきつく編んだ長い三つ編みをほどけば、ゆるく巻いた巻き毛が背中に流れるでしょう。小さいからだと華奢な姿は、役柄通り、「末娘の姫君」にぴったりだろうと思われました。

独り言のように、ゆすらは呟きました。

「……わたしは、なんのために、ここにいるんだろうって、思っちゃって。誰のために、うたえばいいのかなって。

何のためにうたうのか、わからなくなっちゃって」

自分の店に帰ってからも、茉莉亜は、ゆすらのことを考えていました。店の営業時間が終わり、カフェの後片付けをする時間になってもです。流しをこすりながら、思いました。

（やっぱり、もったいないと思うんだけどなあ。もっと自信を持てばいいのに）

仕事をしているからか、その上に、一家の母親役をしているからか、「もったいない」と考え出すと、とことん気になるのでした。

（だって、あの声……）

声が惜しいと思いました。

あの、千草苑で昼下がりに聞いた歌声。店の天窓や、大きな窓から射し込むくもり空が放つやわらかな光に照らされていた彼女の、その声は透き通っていました。ガラス細工か水晶のような、水底に射し込む日の光のような。そんな声だったのです。

あの声を、録音ででも聴けば、それは轟さんだって、うたわせてみたいと思うでしょう。

（わたしだって思うわ）

花屋の店の中で、草花だけを観客にうたうのではなく、立派な舞台で、ちゃんとした化粧をし、衣装を身につけて、顔を上げ、朗々とうたうところを見たいと思いました。

（才能は、眠らせちゃ駄目なのよ。夢を諦めたりするのも、もったいないことよ）

流しをこする手に、力を込めました。

茉莉亜は自分の心の中で、昔に眠らせた夢がいまも息づいていることを知っています。実現をあきらめた、もう叶わない夢でも、夢見た日々はそこにあります。

（過去を後悔したりはしない。自分の選択を悔やんだりはしないわ。——だけど）

昔見たいくつかの夢はいまも記憶の中で生きていて、つまり、夢見たという事実までを眠らせて、殺してしまう必要は無いのだと茉莉亜は思っていました。

夢見た日々は、幻ではないのです。

幻にする必要もない。

(それが、たとえ叶わなかった夢でもね)

ましてやそれがもし、叶えられる夢ならば、眠らせる必要なんて無い、そう思いました。

さっき、レストランから帰るとき、茉莉亜は厨房で、開店の準備をしている轟さんから聞きました。――なぜ今度の舞台でゆすらにうたわせてみようと考えたのか。

「なぜも何も、だってあれは、ゆすらちゃんのために作った曲だもの」

あっけらかんと、轟さんは答えました。

「役だってさ、あの子のために考えたんだ。いや、もっというと、もしかしたら、ぼくは、台本自体を、あの子の――あの子の声のために書いたのかも知れない。面白いよねえ。録音された歌声に惚れて、この声を舞台で聴きたい、って思っちまったんだ」

オックステールのシチューは完成しました。さっきから焼いていたらしいさまざまなかたちのパンを窯から出しながら、轟さんは、言葉を続けました。

「いつの時代、どこの国の話ともわからない、そんな話でね。故郷をなくし、ただただいろんな国をさすらうひとびとの物語なんだ。なくした故郷、というものが、ひとの心の中の、いろんなものを象徴するイメージになっていてね。お伽話のように王国やお姫様、魔法使いが出てくる話でありながら、現代の世界を暗喩しているような、自分でいうのもなんだけど、なかなかに深い物語なんだよ。ゆすらちゃんがうたうのは、なくした王国を思ってうたう、末の王女の歌だ。故郷は滅びてしまったけれど、うたうとき、その歌の中に故郷は何度でも立ち現れると——そんな内容の歌なんだ」

店を片付けながら、茉莉亜は思います。

（轟さんは、優しいから）

（ゆすらさんを励ましてあげたい、なんていうことも思ってのことなんでしょうね）

遠い親戚といえど、等々力家のひとびとにも、花咲家の血は混じっています。その証拠のように、レストラン等々力にはいつも花が絶えません。ある意味草花に近く、草花の仲間のような考え方をしてしまう茉莉亜たちは、無意識のうちに、草花を愛するひとに親しみを感じてしまう癖があります。

ゆすらはたぶん、茉莉亜に話したようなことを、轟さんにも話したことがあって、そして轟さんは、草花を友と呼び、故郷をなくした彼女のために、台本を書いたのでしょう。

「いやそりゃ、ぼくだって、無茶なことをさせる気は無いよ。舞台を失敗させたくもないもの。他の劇団員たちを泣かせるわけにもいかないからね。末の王女のその役は、台詞はあまりないし、難易度が高い演技も必要じゃないように書いてある。ただ、一曲、一曲だけ、彼女のために書いた歌をうたってほしいんだ。故郷を思ってうたう歌。難曲だけど、うたえると思う。彼女ならできると、ぼくは信じている。――それはもう、演出家の才能でね。ぼくはぼくの才能を信じている。でないと、劇団なんて率いていけないものね」

ふう、と茉莉亜はため息をつきました。

轟さんは、ゆすらを役から降ろす気は無いといいました。きっとなんとかうたってもらう、と。まあ自分があのひとの立場でも、そうするだろうなあと思いました。

(放送業界でも、似たようなことさせるものね)

番組で、新人のアナウンサーやパーソナリティーがマイクの前に行くのを怖がり、しゃべれないと震えても、とにかくマイクの前に座らせ、番組に出して、無理に挨拶をさせてしまうのです。で、そうやって喋れなかったひとは結局はいないのです。

他の劇団員たちはどう思っているのか、むしろ茉莉亜はそれを心配していました。轟さんがいうには、みんな轟さんを信頼して、ゆすらはいざとなったらなんとかするだろうと思っているらしい、という話でした。

(それでも、ちょっとばかり、劇団の雰囲気は良くないかも知れないわね)

劇団の長がいうのだからと、頭で納得しようとしても、あのゆすらの状態を見ていれば、いらつくこともあるのではないでしょうか。ただでさえ、大抜擢なのです。贔屓《ひいき》だと思う劇団員もいるでしょう。そんな空気の悪い中での練習では、余計にゆすらにはうたいづらいはずです。結果的にみんなの足を引っ張ることもあるでしょう。最悪な循環です。

ゆすらは、泣きそうな顔で笑い、茉莉亜にいいました。

さっきレストラン等々力の前で別れるときに。

「わたし、ここから逃げたいけど、逃げられないんです。轟さんや、劇団のひとたちに悪いからです。逃げちゃいけない。だから、練習も休みたくありません。でも――だけど、どんなに練習したって、うまくうたえるはずがないって、そうも思うんです。辛いです」

左の手首を、強く握りしめていました。

今日は特に酷く痛むのだといっていました。熱があるようにも見えました。

その数日後、茉莉亜は夕食用の総菜を買いに、レストラン等々力に行きました。いつもなら、家族の食事は茉莉亜が作るのですが、その日は夕方からラジオの収録の日だったのです。店内、カフェの近くにサテライトスタジオのブースがあるとはいえ、家のことをするのがオンエアの準備と後片付けをしながらになる曜日は、無理せず総菜や店屋物に頼ることにしていました。

「……そしたら、ゆすらさん、お店をお休みしてたんです」

放送終了後、茉莉亜は、一緒に番組で話している漫画家の有城《うしろ》先生にその話をしました。カフェのスペースで、お疲れ様のあたたかなカフェオレをいれて差し出しながら。

「わたしとお話しした、あの次の日から熱が出てたんですって。一昨日までがんばって、劇団の練習にも出てたんだけど、具合悪そうだったから、どちらも休んで貰ってるって店長さんが」

「それは心配ですね」

「具合の悪そうな、泣きそうな声で、『遅れるけど、きっと行きます』って、電話をかけてきたそうです。同じアパートにいる、劇団の先輩って方も、轟さんにメールをしてきて、絶対に無理そうだって心配してたそうなので、そのひとに頼んで、引き留めさせて、アパートのお部屋で休ませてるそうですよ」

茉莉亜は昨日オンエアの打ち合わせのメールをこのひとに送るときに、ついゆすらと劇団エテルニータの話を、かいつまんで書いて、相談してしまったのでした。ゆすらのことがどうしても気がかりで、誰かに話を聞いて欲しかったのです。

茉莉亜は、自分も椅子に腰を下ろして、頬杖をつきました。

「心配なんですよね。あの子、どうなっちゃうんでしょう。せっかくの大抜擢ですけど、もしかして、このまま練習が出来ずにいたら、やっぱりその話も流れちゃうのかなって」

「うーん」と、有城先生は、ひとの好さそうな表情を、考え込むように曇らせました。

「でもそのときはそのときなんじゃないかな。そのゆすらさんって子は、その役や舞台と縁が無いのかも知れないですし」

「えっ。あんなに歌が上手なのに」

茉莉亜はテーブルの端をつかみました。ふだんは優しい有城先生なのに、突き放すようなことをいうんだなあと思いました。

有城先生は、訥々《とつとつ》と話しました。言葉をゆっくり選ぶようにしながら。

「才能があることと、プロとしてその道が向いているかどうかって、別だと思うんです。そのゆすらさんっていう女の子には、天性の素質があるのかも知れない。いえ、茉莉亜さんやその劇団の責任者の方がその声を聴いて、これはと思ったというのなら、きっとそうなんでしょう。でも、本人が舞台に出ることを選べないのなら、その子はプロには向きません。

無理にそうさせようとしても、不幸になるかも知れないですよ」

「不幸に？」

有城先生は、茉莉亜の目をみつめました。このひとがそんなふうに、まっすぐに茉莉亜て具合が悪くなってるのかも知れませんよ」

「手首が痛そうだ、熱が出てる、といいましたね。それもしかしたら、その子は逃げたくのことを見るのは珍しいことでした。テーブルの上で指を組み、少しだけ緊張した声で、

「逃げたくて？」

有城先生はうなずきました。

「ほんとうは手首の傷は、もうとっくに治っているのかもしれない。熱が出るような異常は、からだのどこにもないのかも知れないです。劇団の先生や仲間たちの期待に応えたい、本人も頭では頑張るべきだとわかってる。でもほんとうは自信が無い。おそらく本人は、才能が無いと思い込んでるんじゃないかな。できっこない、だから逃げたい。でもそんなことはしてはいけない。だから病気になる。どこか痛くて、熱があるなら、稽古に出なくてすむからです。もちろん、意識してのことじゃないです、きっとね。——その子は、優しくて真面目だからこそ、自分の心が怖い、逃げたいと叫んでいても、耳をふさいで、聞こえないふりをしてるんじゃないかなって」

なんて、ぼくの勝手な推理ですけどね、と、有城先生は恥ずかしそうに笑いました。

「それってもしかしたら——よかれと思って応援しても、追い詰めてしまうかもしれないって、ことでしょうか？」

「可能性の話ですけどね」

有城先生は、いただきます、といって、カフェオレボウルを手にしました。

「ぼくね、漫画家になって少しだけ年月が経ったので、多少はお節介を焼けるようになったんですよ。過去の自分がそうして欲しかったように、絵がうまい子たちや漫画が好きな子たちの力になろうとして、かわりに編集部に持ち込んでやったり、編集者を紹介したり。でもね。そううまくいくものじゃなかったんです。担当がついても、きちんと原稿が描けなかったり、デビューまでこぎ着けても、いつの間にか連絡が取れなくなって、どこかへ消えてしまったり。みんな漫画がうまかったのに。ええ、みんな才能があったんです。でも。それでそういうことの繰り返しのうちに、ぼく、なんとなくわかってきたんです。プロとして仕事をするためには、怖いとき、苦しいときに、逃げない強さが必要だってこと。たぶん、プロとしてやっていける才能は、創作したり演じたりする才能とはまた違うものなんです。度胸というのか覚悟というのか。踏みとどまることを決めて、前進することは、本人じゃないとできないんですよ。誰もかわってあげられない。

その強さは外野が励ましたって、身につくものじゃないらしいんです」

「……ゆすらさんには、プロとしてやっていく才能がない？」

そんな残酷な、と思いました。あんなに雲雀のように光のように、美しい声でうたうことができるのに。あんなに愛らしいのに。ひとや緑に好かれ、運命にも恵まれているようなのに。

いいえ、とおっとりした声で、有城先生が言葉を続けました。

「その子に才能が無いかどうかは、まだわかりませんよ。大体ぼく自身は、その子に一度もあってないですもの。まあ無責任な思いつきの言葉だと思ってくれていいです。

ええっと、それが自分でわかってて、最後にもう一言付け加えると——啐啄《そったく》の機、って言葉がありますよね？」

「はい」

「機が熟していないだけかも知れません。まだ卵が孵《かえ》る時期じゃないだけなのかも。この先の未来に、その子にはその子の覚悟が生まれるときがあって、そのときになったら、茉莉亜さんが心配しなくても、逃げずに舞台に上がれるのかも知れないです。胸を張って」

「——そうですね」

茉莉亜は、そっと微笑みました。

「よけいな心配だったかも知れません。わたし、夢を持って生きている若いひとって、つい気になっちゃうものですから。気持ちだけ、応援しているようにしようかな。頑張ってということで、あの子を追い詰めてしまってもいけませんものね」

ああ、人生いくつになっても勉強だなあ、と、茉莉亜は呟きました。

「反省してます」

ぺこりと頭を下げると、有城先生が、

「いやその、茉莉亜さんの、ひとをほっとけない優しさと思いやりって好きだなあって」

「え？」

「え？」

何でも無いです、と有城先生は顔を真っ赤にして席を立とうとして、カフェオレがまだカフェオレボウルにたくさん入っていることに気づきました。慌てて両手で摑み、一気に飲み干そうとして、硬直しました。

「あの、有城先生、猫舌でいらしたのでは」

いれたての、それもあつあつのミルクたっぷりのカフェオレでした。肉厚なカップに、サービスでなみなみと入れていました。

「……大丈夫、です」

絶対に熱かったはずだと思うのに、有城先生はにこやかな笑顔を茉莉亜に見せました。

そして、幾分ゆっくりめの速度で、無言でカフェオレを飲み干し、冷たい水を飲み干すと、

「それでは」と帰って行きました。

その後ろ姿を見送って、茉莉亜はにっこりと微笑みました。

「ほんとうにいいひとねえ」

いつのまにやら近くにいて、それを聞いていたらしいりら子が、

「有城先生、いいのかな、あれで」

と呟きました。

茉莉亜は、そうだわ、と手を打って、レターセットをレジカウンターの引き出しから出しました。テーブルに腰を下ろします。

(お見舞いの手紙くらいは、書いてもいいと思うのよね)

目を上げて、店の中の植物たちの「顔」を見ました。みんな、ゆすらのことを心配しているのがわかりました。

「みんなの代理っていうか、そういう感じでね」

『みんな』か。と、茉莉亜は愛用の万年筆を手に、お気に入りの便箋を見つめながら、思いました。ダム湖の下に沈んだという、『みんな』。子どもの頃のゆすらの友達や、きょうだいのような存在だったという緑たち。

もう春が来ても、咲くこともうたうこともできなくなってしまった、その緑たちは、最後の春、ゆすらと別れたとき、何を思って咲いていたのでしょうか。普通の人間であり、

自分たちの声は聞こえない、小さな子どもに、ひとりぼっちで遠くに行かなくてはいけない子どもに、何かいいたいことがあったのではないでしょうか。

（咲くことしか、できなかったんでしょうね）

春風に花びらを揺らし、草の葉や木々の枝を鳴らして。自分たちに歌声を聞かせ、いつもそばにいて、友達として話しかけてくれた、ずっと見守ってきた幼子に。せめて、いちばん美しい姿で、お別れをしたのでしょう。

自分たちのそばを離れ、遠く旅立って行く、ほんとうはもっとそばにいて、見守ってあげたかったろう、泣いている子どもに。

（もしいま、緑たちがあの子のそばにいたとしたら、励ましてあげたかったろうなあ）

それはもちろん、無理をさせるためではなく。あの子を幸せにするために。うたいたい、うたえるはずのゆすらに、きみならできるよ、と笑いかけるために。

『みんな』は彼女の声を知っているのですから。あの子がどんな風に上手に、光のようにうたえるかということを。

「まあちょっと、代筆でもしてみましょうか」

茉莉亜は万年筆を走らせました。いま思った植物たちの想いを書き、そして最後に、無理はしなくてもいい、ということも書き添えました。

今度の舞台にもし縁が無かったとしても、彼女には彼女にふさわしい、怖がって逃げなくてもいい舞台が用意されているかも知れないからです。

(チャンスの女神には前髪しかない、って俗にいうけれど)

あとから摑もうとしても、その神様の髪を摑むことはできない、といわれています。だから、チャンスに出会ったと思ったら、まずは手を伸ばし、捕まえてみるべきなのだ、と。

(でも、わたしは思うのよね)

(チャンスの女神は、ひとりとは限らない。それにまた戻ってくるかも知れない。何度でも追いかければいいのよ。また巡ってくるまで待って、待ち構えて、タイミングが合うときに、捕まえればいいんだわ)

ほんとうにうたうことが好きなら、あれだけ才能があるのなら、逃げない覚悟ができたときに、目の前に舞台が立ち現れるだろうと、そう茉莉亜は思ったのです。


その日、店を閉め、家族それぞれの食事も終わった後に、茉莉亜はレストラン等々力のお総菜が入っていた器を洗い、風呂敷に包んで、轟さんを訪ねました。

したためた手紙と小さな山桜桃の花束を抱いて、轟さんに託そうとしたのですが、話を聞くと、彼女の住むアパートはこの近くのよし、それじゃあ、と訪ねることにしました。

もう時間も遅いですし、寝ているかも知れません。だから、ドアの前に配達して帰ろうと思っていました。ゆすらが住むというアパートのそばは、古い街灯が辺りを照らすばかり。近くに暗渠《あんきょ》があるのか、水が流れる音がどこからともなく響いていました。

どこか春のサンタクロースのような気持ちになりながら、茉莉亜は足音を潜めて、そのドアの前に山桜桃の花束と手紙を置き、そっと夜の道を引き返しました。

その夜の、夜中のことでした。

明かりを落とした店内で、カフェの帳簿をつけていた茉莉亜は、何かの気配に気づいて、ふと顔を上げました。

店の中の草花や、木々がざわめいています。

「どうしたの？　何かあったの？」

『ゆすら』

『ゆすらちゃんが』

『とどろきさんちにいった』

ざわざわざわ。まるで店内に風が通り過ぎるように、草花は花や葉を鳴らしました。

「こんな時間に？」

『そう。こんな真夜中に』
『真夜中に。道を走っていった』
茉莉亜はパソコンの電源を落とし、席を立ちました。

この時間になると、商店街でもファミリー層向けの店が多いこの辺りは、ほとんどのお店が明かりを消し、シャッターを下ろしています。千草苑のように店と住居が同じになっている店は、それでもまだ建物にひとの気配がするのですが、そうでない店が並ぶ路地はしんとしています。

野良猫たちが、暗がりを駆けてゆきます。街路樹が意味ありげにざわめきます。茉莉亜は、夜風に髪をなびかせながら、レストラン等々力を目指しました。

煉瓦造りの古い建物には、まだ明かりがついていました。ここはお酒も出す店なので、遅い時間まで開いています。轟さんの古い友達が訪ねてくれれば、楽器を弾いて盛り上がりながら、楽しげに長く開いていることもあります。

轟さんは、この小さな古いビルの上の階、三階の半分屋根裏部屋のような部屋にひとりで暮らしています。なので、夜明けまで営業していることさえあるのでした。

今夜もそんな日だったのでしょうか。レストランの方は盛り上がり、楽器の音や、食べ物のいい匂いが流れてきます。

店の方を覗き込みましたが、賑わっている客たちの後ろ姿に交じって、轟さんの白髪交じりの後頭部がちらりと見えました。上機嫌な様子で常連らしいひとびとと笑い転げる声が聞こえました。

もしかして、ゆすらは店にいるのかなと思ったのですが、その姿は見えませんでした。

茉莉亜は首をかしげ——そしてそのとき、耳の奥で、かすかな声を聴いたのです。

（ゆすらさん？）

茉莉亜は振り返りました。階段の下、地下の劇団の舞台の方からだと思いました。

それは風が吹くような、かすかな高い声でしたが、間違いないと思いました。

あの子の歌声です。——ただ、その声に、前に千草苑で聞いたような、光のような煌めきはなく、明るい響きも感じられなかったような、そんな気がしたのです。

病人の声でした。絞り出すような、声。やっとうたった声。

戦前からある建物の、特にこの地下は焼け残ったままの、つややかな木で覆われた古風な建築でした。仕事で、花や飲み物を抱えて、何度も下りたことのある地下です。

茉莉亜は階段を下りてゆきました。古い建物特有の、埃と木の匂いが漂っています。

（もしかして、劇団が練習をしているのかしら？）

一瞬、茉莉亜は思いましたが、すぐに、こんな時間にそれはないか、と打ち消しました。そもそもしそうならば、轟さんも店ではなく、こちらにいるはずです。

低い天井だけれど、美しい造りの短い廊下の先に、小さいけれど繊細に彫られた彫刻の柱で支えられた部屋があり、その奥には、これも見事な彫刻で飾られた木造の舞台がありました。

この舞台がある部屋は、芝居が上演されていない時は、劇団の稽古にも使われています。そのために壁は鏡張りになっていました。

明かりを落としたその部屋の、舞台の上に、ゆすらがいました。鏡張りの壁に映る、たくさんの自分の姿に囲まれて、ひとりきりぽつんと、豪華な舞台の上に立っていました。部屋着なのか、それともそれが稽古着なのか、灰色のジャージの上下を着て、わずかに背中を丸めるようにして、立っていたのです。

絞り出すような声で、うたいました。

風の音に　しばし耳を傾け
川のせせらぎに　思いを馳せ

帰らざる　故郷を思うとき
歌の中に　蘇る
懐かしき　森よ　草原よ
再び　帰りえぬ　故郷の
花の香りよ
いま　ここに

花の香りよ
いま　ここに

うたううちに、声には少しずつ、力が戻ってきていました。

それはあの日聞いた、光を孕んだような声とは違い、どこか苦い、地を這うような響きを持った歌ではありましたけれど、同時に、磨かれた鋼《はがね》のような強さを持った声でした。

ゆすらは、その腕の中に、小さな花束を抱えていました。それはさっき、茉莉亜が彼女の部屋の扉の前に置いて帰った、満開の白い花が咲く、山桜桃の枝をまとめたものでした。

山桜桃の花はうたっていました。

ゆすらの声にあわせて。自分を抱くゆすらには聞こえない声で。

「茉莉亜さん」

ふと、ゆすらがうたいやめ、茉莉亜の方を見ました。弱々しいけれど、笑顔でした。

「お手紙と、お花、ありがとうございました。わたし、うたえるかもしれない。うたいたいって、思いました。怖いけど、うたってみたいなって。……だって」

汗ばんで光る頬に笑みを浮かべて、何かをいおうとして、ゆすらはその場に尻餅をつくような姿勢で、しゃがみこみました。

「あれ？」と不思議そうに呟きながら。

茉莉亜は舞台に駆け上がり、ゆすらに手を伸ばし、その小さなからだをささえようとしました。

「ありがとうございます。えへへ。熱、すごいでちゃってて。知恵熱かなあ」

熱を持ったその腕にふれたとき、茉莉亜の目の前で、ゆすらのその左の手首が、赤く弾けました。腫れていた部分がふいに裂けて、赤い血がまるで山桜桃の実が転がるように、舞台の上に散ったのです。鏡張りの壁の、すべての面に、赤く小さな幻の実は散りました。

瞬間、茉莉亜は幻を見ました。

雪のように白い花びらを身にまとったほっそりと美しい木が、舞台の上で、咲き誇る様子を。美しい山桜桃の木が、ゆすらのそばにあり、その花盛りの美しい枝で、いつでも彼女を支えられるように佇んでいる、その幻を。

それはほんとうに、一瞬の幻でした。

茉莉亜は自分の方に倒れ込んできたゆすらのからだを支え、抱きとめて、手首から流れ続ける赤い血と、からだの熱さに、「大丈夫？」と訊ねていました。

「大丈夫です」笑いながら答える声は、あきらかに熱と痛みにうかされていましたけれど、意外なほどしっかりしていました。

そして、茉莉亜は気づきました。自分のてのひらに、血に染まった古くしなびた山桜桃の実が一粒あるということに。けれど、はっとしたそのときには、てのひらからその実はどこかに消えていたのでした。

そして、自分の目を疑ったことには、ゆすらの腕に流れていたと思った、鮮やかな赤い血潮は影も形もなく、傷跡などどこにもない、白い手首がそこにあったのです。

ゆすらはどこかほっとしたような様子で、茉莉亜の腕に寄りかかり、いつのまにかすやすやと寝息を立てていたのでした。

結局その後、茉莉亜はレストランに轟さんを呼びに行き、ゆすらは夜間診療の病院へと念のために連れて行かれました。

それから三日も経たないうちに、ゆすらは元気になり、そして――。

今年の夏には、舞台に上がって、彼女のために作られたあの歌をうたうことになったのでした。

いまは別人のように明るく顔を上げて話せるようになったゆすらは、初夏のある日、いつものようにレストランの花を買いに来た帰りに、茉莉亜にいいました。

それだけは変わらない、はにかんだような、愛らしい笑みを浮かべて。

「あの夜、わたし、夢を見たんです。ええ、茉莉亜さんが舞台に上がってきてくれて、わたしを支えようとしてくれたあのときに。

わたしを抱き留めてくれたのは、茉莉亜さんのはずなのに、わたしの目に見えたその腕は、白い花が枝いっぱいに咲いた、いい匂いの懐かしい山桜桃でした。子どもの頃、崖下に落ちそうになっていたときに、支えてくれた、あのときと同じように。一瞬の夢で、幻でしたけれど。

でもわたしね、あのとき思ったんです。わたしの中に『みんな』いるんだなって。だってわたしは覚えている。はっきりと思い出せる。最後の春のあの綺麗だった姿をわたしが覚えている限り、『みんな』は、わたしと一緒なんだなって。

小鳥の声も、降りそそぐ日の光を受けて輝いていた草原も森も。たんぽぽも蓮華も桜も。いまもわたしと一緒に生きているんだなあって。

元気ですよ、っていってる気がしたんです。

ゆすらが思い出してくれるなら、わたしたちはずっと、『ここ』で咲いているから、って。

わたしがこの先、どこへ旅して行って、どんなに故郷から遠く離れても、ずっと一緒なんだなって。そう——思ったんです」

にっこりとゆすらは笑いました。

「それなら、わたしはひとりじゃない。いつだって、どこでだって、うたえると思いました」

野暮ったい眼鏡をやめて、コンタクトに変えたゆすらの瞳は、まっすぐに茉莉亜を見上げ、もう、たれ耳のうさぎのようではありませんでした。

ウェイトレス姿で、白いエプロンドレスをまとっていても、それはあの歌にふさわしい、若い王女の姿そのものに見えたのです。

そして茉莉亜は、あの夜以来、ゆすらのそばに、ふとしたはずみに、咲いている花々を見るのでした。あの日の山桜桃だけではなく、桜の木や、桃の木や、梅に蓮華に菜の花。

そしてたんぽぽ。

黄色い花も、白い綿毛をそよがせた姿も。

花たちは、見守り続けます。ゆすらにはわからない、気づかない、そんなあたたかなまなざしで。幼い少女を見守るように。

まるで、たんぽぽの小さな綿毛がひとつ、ふわりと空に旅だつ様子を見守るように。

ゆすらのそばにはいつも、春の花の咲く優しい草原があり、そのそばにはいつだって、ひとの目には見えない世界から、澄んだ風が吹いているのでした。

第六話　Good Luck

初夏のある日、桂《けい》は空港の広場にひとりでいました。待ち合わせの場所に選んだ、広場のベンチに腰掛け、賑《にぎ》わう広い空間、見上げるほど高い天井を見回しながら。見渡すどの場所にも緑が置いてあるこの場所は、桂には居心地のよい空間でした。待ち合わせの時間より早く着いてしまったのですが、ここにこうしていれば、いくらでも楽しんで待っていられそうでした。

昔から花咲《はなさき》家のひとびとと仲がよい、素敵なおばあさん、唄子《うたこ》さんが沖縄旅行から帰ってくるのです。五月の連休の中日とあって、花咲家の家族たちにはそれぞれに仕事があり、それじゃあと桂が電車とモノレールを乗り継いで、迎えに来たのでした。

一時期体調が悪かった唄子さんも、最近はすっかり元気になり、むしろ以前より活動的になった感じでした。何気なくテレビを見ていたら、ある日ふと、取材でプラハ辺りの街角を歩いている姿が映ったりします。

唄子さん——磯谷《いそがい》唄子さんは、エッセイスト兼、最近はタレントとしても有名なひとでした。衛星放送の番組や、ちょっと高級な婦人向けの雑誌のグラビアに写真やインタビューが載っていたりするような、華やかで知的なひとです。

(沖縄はプラハよりは近いけれど)

旅は旅だし、一応はお年寄りなので、誰かが迎えに来た方がいいのです。大きなトランクを提《さ》げた、荷物の多い旅が好きなひとだし、お土産を買うのも大好きと来ています。

唄子さんはひとり暮らしなので、誰か迎えに行く、となれば、それは、桂たち花咲家の子どもたちの仕事になるのでした。

唄子さんは、血の繋がりこそ無いけれど、ずっと花咲家の子どもたちをかわいがってくれていたひとでした。母を早くに亡くし、やがて祖母とも死に別れた桂たちを慈しみ、守ってくれた大切なひとでした。

(これからは、ぼくたちが守ってあげなきゃね)

少しだけ緊張した笑顔で、桂は天窓を見上げました。実はひとりだけでこの大きな空港に来たのは、初めてだったのです。そんなに遠い場所だとも思いませんでしたが、ここは中学生がひとりで来るようなところでもありませんでした。

広い広い空間に、たくさんのひとびとが行き来しています。いつもいる風早《かざはや》の商店街と違って、みんなが桂を知らないひとで、そしてたぶん、桂とはもう二度とあうことのないひとたちです。桂がベンチから見守っていても、旅人たちは、誰もこちらを振り返ることなく、まっすぐにどこかを見て、それぞれの道を急ぎます。

空港は、どこか異世界の入り口のような、知らない世界への旅の扉がある場所のように思えました。

(ここは、旅の始まりの場所で、旅の途中の場所でもあるんだ)

いつか自分も、あんな風な足取りで、ここから旅立つことがあるのかな、と思いました。

そんな桂の心の声が聞こえたのでしょう。空港に飾られた緑たちが、くすくすと笑い、

『きっとね』

『ええ、いつかきっとね』

『そのときは、わたしたちがあなたの旅の安全を祈ってあげるわ』

『忘れなかったらね』

『たぶん』

『たぶんね』

ひとの耳には聞こえない声を上げました。桂は笑って、そのさざなみのような声たちに、耳を澄ませました。花咲家の血を引く桂には、空港のそこここで話す緑たちの声は、小さく薄い、ガラスの鈴をすりあわせ鳴らす声のように聞こえます。かすかな笑い声は、優しく、いたずらっぽく、甘えて聞こえます。

それは人間たちを見守ってきた、これからも見守り続ける、妖精たちの笑い声、歌声なのでした。

（ぼくは、どこへ旅していくんだろう）

（ここから旅立つとき、ぼくはどんな人間に成長しているんだろう）

人間としても、花咲家の不思議な力を受け継ぐものとしても、少しは立派に少しは強く、なれているのでしょうか。

（ちょっとはおとなになっていたいな）

桂は笑いました。

いま当たり前のように聞こえる植物たちの声も、小さな頃の桂には聞こえませんでした。あるとき聞こえるようになって、それから成長するにつれ、植物と語らう力は増していきました。幼い日、まるで植物の声がわからなくて、緑にも花にも話しかけてもらえなくて、優しい家族の中で疎外感を覚えて悲しかった日々が、遠い夢のようでした。

そしていま、言葉にしないまでも、桂は自分の力がいつか、いまの姉たちの持つ能力を超え、祖父の木太郎さんの持つ、ほとんど魔法の力のような領域まで達するような予感がしていました。

（そのとき、僕の目には、世界はどんな風に見えるんだろう）

いまでもきっと、普通の中学生とは世界の見え方が違っているのに、そのとき、自分の目にはこの世界はどんな場所に見えるのだろうと思いました。

空港って温室みたいだなあ、と、ふと、桂は思いました。

ガラス張りの壁に、大きくとられた窓とドア。天井にも長く大きな明かり取りの窓が開いていて、そこから光が降りそそぎます。

その光を、緑たちはからだいっぱいに受けているのです。

（緑たちがうたってる）

建物のいたる場所にある緑たちが、五月の空から降りそそぐ光をいっぱいに浴びて、それぞれの置かれた場所から、歌をうたっていました。

ひとの耳には聞こえないその声は、人間たちの旅立ちを見守り、祝福する歌。この空の港から、遠い街へ旅立ち、あるいは帰る者達に、無事な旅を、と祈る歌声でした。

（お帰りなさい、っていってる歌も聞こえる）

桂は微笑みました。

飛行機から降りてきた旅人たちが、迎えに来た家族や恋人たちにただいまをいう姿がそこここで見えます。家族の姿を見つけて、優しい笑顔になった出張帰りのお父さんたちや、

お帰りなさい、と声を上げる小さな子どもたち。その様子を見守りながら、緑たちも、楽しげな、でも果てしなくかすかな声で、

『お帰りなさい』

『お帰り』

『お仕事お疲れ様』

なんて声を上げています。

『ねえ、どこに行ってきたの?』

『楽しかった?』

そんな声もたまに上がります。大きなキャリーバッグを転がして、お土産の袋を提げて、ハイビスカス柄のアロハシャツを来た二人連れは、もちろんそんな声には気づきません。ふたりで楽しそうに話しながら、建物の外に出て、バス乗り場の方に行ってしまいました。

静かにピアノとフルートの音が流れ始めました。同じフロアの少し遠くで、楽器の生演奏が行われているようでした。

広場に立っている時計台を見ると、まだ時間はありそうでした。桂はベンチを離れて、聞きに行くことにしました。

そこにはひときわ見事な植物たちが並べられ、枝葉を茂らせていました。植物たちに囲まれるようにして、若い女のひとが鍵盤《けんばん》に指を走らせるピアノがあり、フルートを手にした、白いドレスを着た女のひとが、そのそばに寄り添うようにして、旋律を奏でていました。

ひとの奏でる音楽が好きな緑たちは、みんな気持ちよさそうに、楽器の音色にあわせてうたっていました。音楽とその声に混じって、かすかな水音も聞こえてきました。流れる水——人工の小川と泉があるようです。屋内なのに、箱庭のような小さな公園がそこにあるのでした。

奏でられていたのは、桂の知らない曲だったり、どこかで聴いたことがあるような曲だったりしました。うちにレコードやＣＤがある曲もありました。優しく美しい曲が、続いて何曲も演奏されました。

音楽を聴いている他のおとなたちがしているように、桂はその場所を囲う銀色の手すりにもたれ、楽器の音に耳を傾けました。

足を止め、音楽を聴いているひとびとの中に、電動車椅子に乗っているひとがいました。おじいさん、というにはまだいくらか若いような男のひとです。薄く目を閉じ、口元に微笑みを浮かべて、音楽に耳を傾けているようでした。白髪交じりの髪は、上品に櫛目が通っていて、上等そうなスーツを着ていました。何の病気なのか、それともひどい怪我のせいなのか、ほっそりとしたからだのその上半身が不自然に傾いています。右手の指の何本かは動くのでしょうか。音楽に合わせて静かにリズムをとっているようでした。

行き交うひとびとの足音やキャリーの車輪が転がる音、会話する声を聴きながら、桂は手すりに寄りかかり、そっと目を閉じました。

そうしていると、音楽だけでなく、緑たちの声や考えていることも、よりくっきりと聞こえてくるようでした。

それだけでなく――。

小さな公園を囲う手すりにふれるほど、こんもりと茂った植物たちが、通り過ぎるひとびとの哀しみや喜びを、桂に伝えてきます。

植物がそこにあれば、金属や地面、いろんなものを通して、通りすがりのひとや生き物の心がふっと桂の思考の中に飛び込んでくることがありました。それはたとえば、ラジオのチューニングが一瞬あうような感じで。

植物がそばにあると、その量が多いほど、桂の感覚は鋭《するど》く大きく広がっていきます。緑たちが、アンテナやアンプや、そんなものになるような感じで。瞬間的に、五感のすべてが鋭くなるように思う時もありました。

いまの桂は、ふだんの数倍も自分自身の姿が大きくなったような、背中に見えない翼が伸びているような、そんな大きな存在になったような、魔法的な感覚を覚えていました。

空港の今いるフロアそのものが、桂の中にあるのです。桂の腕が抱えているように。

植物たちが、絶え間ない上機嫌なおしゃべりの中で、ふと、『先生』という人物のことを「さえずり」始めました。

『先生は、今日も音楽を聴きに来たのね』

『当たり前よ。先生は音楽が好きなんですもの』

『週に一度、この時間にここで音楽を聴くのが、いまの生き甲斐みたいね』

『いまはね』

『いまのね』

『少しだけ悲しいけれど、先生にも生き甲斐があってよかったって思うなあ』

『思うなあ』

『なあ』

（「先生」？）

桂が心の中で首をかしげると、植物たちが、投げかけるように、イメージを送ってきました。

電動車椅子に腰を下ろし、音楽を楽しんでいる、あのひとのイメージです。

植物たちは、「先生」のことが大好きなようでした。口々にさえずるような様子で、そのひとについて、桂に教えようとし始めました。

(ちょっと、ちょっと待って)

奔流《ほんりゅう》のように押し寄せる言葉とイメージに押し流されそうになりながら、桂は自分の頭と心に流れ込んできた情報を整理しました。

彼らがいうには、その先生はこの空港の近所にひとりで暮らしているらしく、毎日のようにに、タクシーと電動車椅子で「散歩」に来るそうです。それが「リハビリ」にも楽しみにもなっているらしいと。空港の理容室で髪や髭《ひげ》を洗ってもらい、整える。そして、ゆっくりと空港の中を巡って、離陸する飛行機を見たりして、帰宅するのだそうです。

その昔(植物たちの思考では、それが何年くらい前のことかはわかりませんけれど、十年から十数年くらい前のことのように桂には思えました)、そのひとは、自分の足で歩けた頃も、ときどきこの空港に来ていたけれど、当時は、いつも急ぎ足だったそうです。

動く歩道の右側を、旅行鞄を抱え、いつも走るみたいな速度で大股に歩いていたそうです。そうして飛行機に乗って、遠いところまで旅をして、いろんな遠い国の匂いをつけて帰ってきていたのだそうです。また先生はいつも、いろんな薬や機械の匂いをさせていました。先生はお医者様でした。「遺伝子工学」について研究する、研究者でした。それも、「とっても有名な」「偉いひと」だったようです。いつかは「ノーベル賞を受賞するはずだった」ような。

先生はこの空港から旅立ち、また戻ってくる旅人でした。

その頃の先生はいつも忙しそうで、眉間に皺を寄せて険しい顔をしていたそうです。いつも疲れていた。でも植物のことが好きで、自分たちの言葉は聞こえないと思うのだけれど、彼らが「行ってらっしゃい」「お帰りなさい」というと、嬉しそうに振り返ってくれたそうです。時間があるときは、空港のそこここに置いてある緑たちを眺め、彼らが友達であるというように、そのそばで本を読んだり、パソコンを開いたりしていたそうです。

それから先生は、小さな子どもも好きで、空港の中を走っていた子どもが転んだり、迷子になっているような様子で泣きながら歩いたりしていると、誰よりも早く気づいて立ち上がり、ぎこちない感じで手をさしのべたり、抱き上げたりしたそうです。

空港で飛行機の時間を待っているとき、先生はたまに、新聞を読んだりしながら、幸せそうな親子連れを見てそっと微笑んでいたりもしたそうです。少しさみしそうに。

先生はさみしいひとでした。深夜の誰もいない時間の空港のロビーで、たまにぽつりぽつりと先生は独り言をいうことがありました。疲れていたり、酷く酔っていたりするときのことです。

先生はずっとずっと昔には、小さな女の子のいる家に暮らしていたようです。でも先生の研究はいつも忙しくて、家に帰れなかった。そんなある日、子どもは急な病気で死んでしまったというのです。子どものお母さんは、つまり先生の奥さんは、「いっぱい泣いて悲しんで」「たくさん怒って」家からいなくなり、帰ってこなかったそうです。

先生はひとが知らないようなことを知っている、偉い先生でした。先生のしている研究は、いずれ未来の世界で、病気のひとを何人も何百人も救うはずでした。なのに、先生は自分の小さな子どもを助けることができなかったのでした。

先生はひとりで研究を続け、ひとりで世界中の空に羽ばたいてゆき、やがて、無理を重ねて、我が身もまた、病気になりました。もはや仕事を続けることもできず、ひとりきりの家で、本を読んだり音楽を聴いたりして暮らしているらしい、ということでした。

『先生はもう、遠くに行けなくなった』

『旅人じゃなくなった』

『その代わり、ゆっくり空港を散歩して、ここから空を見上げるようになったよ』

『ぼくたちは、空港の緑だから、空を飛ぶひとたちに、行ってらっしゃい、お帰りなさい、っていうの好きだから、先生が空を飛ばなくなって、ちょっとさみしい』

『でもね。先生もきっとさみしいと思う』

『だからいつもみんなでそばにいるの』

『この空港の緑が、みんなで、いつも先生と一緒にいるんだよ』

『緑の気持ちは、みんな同じだから。みんなが先生のことを、いつも見てるんだ』

（そうか。みんな優しいんだね）

『そうでもないよ』

得意そうな声が、あちらこちらから返ってきました。

その様子はどこか、子犬や子猫が、大好きなひとのことを見上げて、得意そうに胸を張っているところのような、そんな感じでした。

空港の植物たちは、観葉植物がその大部分を占めていました。植物はその種類ごとに同じ傾向のある性格を持っていたりするのですが、観葉植物たちは、特に人間に懐きやすい、そういう緑が多いようでした。

長い年月、ひとのそばに、家庭の中でともに暮らしていて、その喜怒哀楽を見て、幸不幸の時間を共に暮らしてきた「一族」です。そんな性格になるのも当たり前なのかな、と、桂は思いました。

緑は大概、人間が好きで、友達のように思うものですが、ポトスやカポック、アジアンタムなどの古い観葉植物たちは、特にその気持ちが大きいようなのでした。

拍手の音がしました。いつのまにか、演奏の時間は終わったようで、音楽を奏でていたふたりの女性は、旅行者たちに頭を下げて、退場していきました。

足を止めて音楽を楽しんでいたひとびとは、またそれぞれの道へと戻ってゆきます。

「先生」は、と、桂は目で探しました。

そのひとは、満足そうに頷いて、車いすを動かし、どこかへ行こうとしているところのようでした。

桂は公園を囲う手すりに手を置いたまま、そのひとの後ろ姿を見つめ、願っていました。

この優しくさみしいひとに、何かいいことがありますように、と。

願っても叶えられるものなのかどうか、桂にはわかりませんが、自分たちのように、魔法のような力を持つ者が願えば、少しくらいは、よいおまじないの代わりになるのではないだろうかと思ったのです。

ふと目を上げて、時計台を見て、桂ははっとしました。思っていたよりも時間が経つのが早く、もうじきに、唄子さんの乗っている飛行機が着陸する時間になりそうでした。待ち合わせの場所に戻らなきゃ、と思ったとき、桂は、手すりにふれたてのひらと、耳の奥に、不思議な振動を感じました。

それは、「音」でした。

『トトトツーツーツートトト』

モールス信号だ、と思いました。何度も繰り返す——これはええっと、そう、「SOS」だ。

小学六年生の時、クラスの男子の間で、モールス信号を覚えるのが流行ったことがありました。モールス信号が出てくる物語が、国語の副教材に登場して、それがきっかけだったのです。

そのときに、桂も、同じクラスだった秋生《あきお》や翼《つばさ》と競争するようにして覚えたのでした。冒険小説のようで、かっこいいと思ったのです。覚えていると、いつか冒険するときや、危険な目に遭ったときに、役に立ちそうな気がしました。しばらくは、秋生や翼とそれで会話したりしていたのですけれど、クラスでの流行が下火になるにつれ、使わなくなっていました。

(でも、SOSはさすがに覚えてるよ)

基本中の基本だもの。

桂は緊張した面持ちで辺りを見回しました。なんだろう、これは。どこから聞こえるんだろう?

見回すうちに、直感のように気づきました。

車椅子に座っている「先生」です。その右手の指が、信号を打っているのでした。

斜めに傾いだからだの、その他の部分は動かない。その指だけが動いていて、車椅子の手を置くところに、繰り返し、モールス信号を打っているのでした。

『SOS　SOS』誰か助けて、と。救難信号を。

桂はそのひとのそばに駆け寄りました。

どうしたのでしょう? 具合が悪いのでしょうか? どこか痛いとか?

「あの」と話しかけると、驚いたようにそのひとの表情が変わりました。緩んだ口元が、怪訝そうに、何かいいたそうに動きます。

「ぼく、いま、SOS、を聞いたんです」

桂は身を屈め、話しかけながら、どう説明したらいいのだろう、と悩みました。

あのモールス信号に気づくなんて、普通の中学生には無理だったろう、と、今更のように気づいたからでした。

「ええと、ぼくはそう、ものすごく耳がいいんです。それで、いま、通りすがりにモールス信号が聞こえたので……いや、聞こえたかな、という感じがしたので、気になったんです。先生、何かお困りのことでも？」

つい、「先生」と呼んでしまい、その言葉を聞いたそのひとは、目をぱちりとまばたきました。見開いた感じが、ああ驚いているようです。何かいいたそうに呻きました。

（言葉を話すことが、できないんだ……）

そう思ったとき、そのひとが車椅子の上で体を動かそうとしました。動かしづらい腕を何とか上げて、どこかを指さそうとするような素振りを——。

その弾みで、車椅子から落ちそうになり、桂は慌てて、そのからだを支えました。

そのときでした。

『この子はなぜわたしを「先生」と呼ぶのだろう』

いきなり、心の中にそのひとの言葉が飛び込んできて、驚きのあまり、桂は、その場でよろけそうになりました。今度はモールス信号ではありません。ちょうど植物たちの声のように、急に思考の中に飛び込んでくる声でした。物語の本でいうなら、テレパシーです。

たとえば植物たちの声や思考がそんな風にやってくることには慣れていました。けれど、ひとの思考は、「ボリュームが大きい」というのか、強い力と勢いで押し寄せてくるようで、桂の心臓はどきどきと鼓動が速くなりました。

「な、なぜって、空港の植物たちが、先生のことをそう呼んでいたので……」

声の大きさに驚いた上に、いきなりの言葉だったので、つい素直に応えてしまい、桂は自分の頭を抱えました。普通のひとに、それも有名な研究者だったような過去を持つひと(何となく頭が固そうです)に、実は植物には感情があって、とか、あなたのことが大好きみたいですよ、とか、ぼくの家族は、緑の友達でお話ができるんです、なんてことをあれこれ説明するのはめんどくさそうだな、と思ったのです。

とりあえずは、このひとをきちんと車椅子に座らせないと、と、細い体を支えつつ立ち上がろうとしたとき、また、声がしました。

『ちょっと待て。これはびっくりだ。聞こえるのかい? つまりSOSが聞こえた、というのはほんとうかい?

恐ろしく耳がいいんだねえ。いったいどういう耳なんだ。恐ろしくハイスペックな耳を持っているようだね。いやこれは精神感応。テレパシーか。耳の話だけじゃなくてさ、まさかい目が楽しそうに輝いていました。『やあ、驚いた。耳の聞こえは関係ないな』

まどき、モールス信号がわかる少年がいようとは。ありがとう。気づいてくれて、ありがとう。昔、アマチュア無線の免許を取ったときに、半分趣味もあって覚えたんだ。それを思い出してね。これしか助けを呼ぶ術がないから、祈るような思いで打ってみたんだが。

まさか、言葉が届くなんてことがあろうとはね。これは一体、どういう奇跡かな』

溢れるように言葉が桂の中に流れ込んできました。まるで言葉と思考の奔流です。

つい耳を押さえながら、桂は思いました。

（たぶん、植物たちの力のおかげなんだ）

空港に来てから、ここで、たくさんいる植物たちに迎えられてから、桂の五感は鋭くなっています。そして、緑たちが手助けしてくれるから、たぶんそれで、先生の思っていることも、心に流れ込んでくるのです。

植物たちは、この先生が大好きだからです。

言葉を発声出来ない、おそらくは筆談も出来そうにないこのひとの心が、助けを求める声が、そのおかげで桂に届いたのでした。

「細かい説明はあとでするとして」

桂は咳払いしました。「先生、いま何かお困りのことがあるのですか？」

先生は肩の上で傾いている首を、ゆらりと動かしました。どうもうなずこうとしたようでした。続いて、首を横に振りました。

『助けを求めたかったんだが、それはわたしのためにではなかったんだよ。といって、わかるものかなあ』

先生の思考が、ふと沈みました。

『さてとどう説明したものか。時間がかかりそうだなあ。なるべく急ぎたいのになあ』

「大丈夫です」

桂は微笑みました。「えと、とにかく話はあとでしますので、いまはぼくには先生の心の声がそのまま聞こえると、それだけわかっていていただけますでしょうか?

考えてくださったら、ぼくにはわかります。こんなふうに、そばにいる限りは」

どれくらい離れたら意思疎通が無理になるのか。桂はちょっと考えました。実際に実験してみないとわかりませんが、少なくとも、この空港で、このひとのすぐそばにいて、手を触れていれば、完璧にわかる感じがします。

『なんと』

先生の目がいくらか見開かれました。

『これはやはり、奇跡の発現か』

「いやそうたいしたものじゃ」

桂は頭に手をやって笑いました。

先生はわずかに首をかしげるような、腕を組もうとしてうまく組めないというような、そんな素振りをして、やがていいました。

『もうこの際、こうして会話出来ることが、奇跡でも魔法でも超能力でも、どうでもいい。いまが現実で、夢でないのならね。

助けを呼んだのは、あの子のためだ』

右手が震えながら、少しだけ上に上がりました。唇が震え、動かない上半身で振り返り、必死にどこかを指し示そうとします。

桂はそちらを振り返りました。

少し離れたところ、先生の視線の先に、目に痛いようなピンク色のスーツを着た、髪の長い、痩せた女性と、そのひとにぎゅっと手を握られた、小さな女の子がいました。顔立ちや雰囲気がそこはかとなく似ています。親子なのだろうと桂は思いました。

女性は、見るからに高そうなブランドものの洋服を着て、バッグを持っていましたが、どこかしらアンバランスなように桂は思いました。どこか疲れたような表情のせいなのか、崩れた着こなしのせいなのか、痩せすぎて見える姿と、微妙に乱れている髪のせいなのか。

どこかしらちぐはぐで、具合が悪いのです。

ちぐはぐといえば、お母さんらしきひとは高そうなかわいらしい服を着ているのに、女の子の方は、薄汚れた、いつ洗ったかわからないような服に、ぶかぶかの運動靴を履いているのも不釣り合いでした。そして女の子は、おどおどとしていました。何か怖いものに魅入られてでもいるように。凍り付いたようにそこに立って、青ざめた顔色のまま、さっきから一度も目を上げようとしません。

（変だなあ、あれくらいの小さい女の子って、もっと元気なものじゃないのかなあ?）

桂は、空港で小さな子どもを見たことが何度もあります。そういう子どもたちは、みんな目がきらきらしているものです。旅行の楽しさにわくわくが抑えられなくなって、子馬のように走り出してしまったり、誰かを迎えるためにきたのだとしたら、再会の嬉しさが抑えられなくて、その辺でくるくる回って、家族に叱《しか》られたりしているような——空港での小さい子、というのはそういうものです。そもそも空港、というのは、子どもにとって、とても楽しい、わくわくする場所のはずなのです。

（あの子、楽しそうじゃない……）

というよりも、幸せそうじゃない、と、桂は思いました。商店街育ちだから見慣れているのですが、あれくらいの年の女の子は、お母さんとお出かけというと、もっと嬉しそうな表情をしているものじゃないかと思います。

『いままでに何度か、あの親子を見た』

陰鬱な感じの声が、桂の中に飛び込んできました。『母親が我が子を虐待《ぎゃくたい》している』

「えっ？」

『あの母親は週に何度かこの空港に来て、物陰で子どもをつねったり蹴ったりして、痛めつけているんだ。服の下や靴下の中みたいな、見えないところをね。女の子は、泣くと叱られるから、じっと耐えてるんだよ、いつも』

桂は呆然としました。

「ほんとうですか？」

『こんなことで嘘ついてどうするんだ？』

先生の、呆れたような、そして悲しげな言葉と感情が、桂の中にわき上がりました。

『いつの頃からなのかわからない。あの母親は、我が子を連れて空港に来ては、建物の中を連れ回しながら、我が子を虐待するんだよ。わたしはごく最近気づいたんだけれど、あの子の表情からして、もうだいぶ長いんじゃないだろうかと思うよ。

その場面をわたしは――わたしだけは、何回も見た。目の前でいじめるところもはっきりとね。たぶん、あの母親に、電動車椅子に乗ったこのわたしは、人間のひとりには数えられていないんだろう。まあこんな風に、常に斜めに傾いでいるような有様じゃあねえ。

おそらくは、知能や心があるとも思われていないんじゃないのかと思うよ』

自分を揶揄《やゆ》するように、先生は皮肉な笑いを口元に浮かべました。

『まあ実際、このわたしは木石のようなもの。目の前で起きている悲惨な虐待を、この手で食い止めることもできない無力な存在のわけだからね』

「自分の子どもを虐めるなんて……つねるとか蹴るとか。なんで、そんなひどいことを」

『たまにそんな母親もいるものなんだよ。みんなが優しくて立派なお母さんになれるわけじゃない。あの女が、いまの自分を悲しいと思っているのか、それともそんなこと全然思っていないのか、そんなことはわからない。本人にもわかっていないのかもしれない。なんであなってしまったのか。――聞こえた会話からして、実の親子らしいんだけどね』

「…………」

『ただひとつ確かなのは、このままほっといたら、あの子はいずれ、そう遠くない日に、実のお母さんに殺されてしまうだろう、ということさ。ここのところ、あの母親は、ひとめがないときに、子どもを転ばせたり、階段の下に突き落とすようになったんだよ。

今日もほら、危ない……』

先生の視線が、親子の方を見ました。

ちょうどその瞬間、桂は母親の爪の長い手が、女の子の髪を掴み、半ば放り上げるように、階段の方に押しやるのを見ました。

「ちょっと……」

思わず叫ぶように声をかけようとして、桂は危うくやめ、自分の口を塞《ふさ》ぎました。

(どうやって、止めるんだ？)

あなた我が子を虐待してるでしょう、と、指さしていうのは簡単です。でもそのあと、見知らぬ中学生からの言いがかりのような言葉を聞いて、あのお母さんはどう思うのでしょう。「ごめんなさい、わたしは我が子を虐めていました。もう二度としません」なんていうわけがありません。

それどころか、どうしてそんなひどいことをいうの、と、桂に食ってかかるか、ここをさっさと立ち去るに決まっています。

(そもそも、何で虐待のことを知ったのか、ぼくには説明ができない)

(それを訊かれたら、答える言葉がない)

車椅子の先生の心の声が聞こえたんです、そもそもぼくは草花とお話ができる一族の生まれで、なんて話、あのお母さんに話すことができるとも思えません。お互いに時間の無駄なだけでしょう。

母親は不審そうな顔をして、桂の方を振り返りました。女の子は目に涙を浮かべています。うす汚れていても、賢そうなとても愛らしい子どもでした。その視線から、桂は目をそらしました。奥歯を噛みしめて、知らない振りをして、ふたりに背中を向けました。

（虐待に気づいたと思われちゃいけないんだ、たぶん）

（そうしたら、あのお母さんは、子どもをもう空港に連れてこなくなるかも知れない）

（逃げられてしまう）

（そうして、どこかここじゃないところで、あの女の子は殺されてしまうかも知れない）

先生が、心の中で呟きました。

『そうだ。いまはあの母親に気づかれてはいけないんだ。少年よ』

桂はうなずきました。

でも、じゃあ、このまま見ているしかないのでしょうか。あの女の子のために、何かできることはないのでしょうか？

『実は今日、この空港で、久しぶりに、昔の友人と会う約束をしているんだ。待ち合わせの時間を過ぎたので、間もなくここにくるだろうと思う。友人は、小児科の著名な医師なんだ。事情は簡単にだけど、彼にもメールで説明してある。

このからだになって以来、誰からも同情されたくなくて、ありとあらゆる友人知人を遠ざけてきていたんだが、今回ばかりは仕方が無い。簡単なメール一通書くのも、指が右手の三本しか動かないんじゃ、時間がかかって仕方が無かったんだけどね。でも友人はメールを喜んでくれた。何でもすると誓ってくれた。自分は児童相談所にも知り合いがいる。その子をなるべく早く、できうる限り迅速に安全な場所に保護出来るようにしよう、と。本人が望むなら、母親にも何らかの治療を、ともね』

先生は薄く笑いました。

『嬉しかったよ。泣けたね。わたしはいままで、何を意地を張っていたんだろうと思ったりした。

がんばってよかったと思ったな。あんな小さな女の子がこれ以上傷ついたり、死んだりしたらいけない。おとなとして、そんなことを許してはいけないいんだ。

命は何よりも大事なものなんだからね』

先生の目は、深い色をたたえて、桂のことを見つめていました。桂はただうなずいて、そのひとの瞳を見つめ返したのでした。

「ということは——あと少しの間だけ、あの子が無事なら、助かるかも知れないということですね」

今日あの子は救われるかもしれないのです。

『きっと、そうするさ。今日もしかして、捕まえることができなくても、明日、あさって、と機会を待つつもりだ』

桂は、親子の方をみつめました。

「あのお母さん、家では子どもを虐めたりしないんでしょうか?」

空港にいる間は無事でも、家に帰ってから、酷い目に遭わされたりしたら。

『大丈夫だろう。——これは単なる推理なんだが、我が子を虐めているということがばれたらまずい相手が、家か近所にいるんじゃないかと思うんだ。だから、服の上から、見えないところをつねったり蹴ったりするわけで、わざわざ空港まで子どもを連れてきて痛い思いをさせるのも……』

「家だとそれができない、邪魔が入るから?」

ありえる話だ、と思いました。

そう。空港ならば、ひとがたくさんいます。疲れた表情のおとなや、泣いている子どもがその中に交じっていても、おかしくはないのです。おとなは飛行機や旅に疲れて沈鬱《ちんうつ》な表情になることもあるし、はしゃぎすぎた子どもは叱られて泣くこともあります。そして空港にいるひとびとは皆、それぞれの道を急ぐ旅人なので、いちいち通り過ぎた親子のことなんて覚えていないのです。多少気がかりだと思っても、旅の途中でのこと、日常に帰れば、忘れてしまうものなのです。

(でも、先生は旅人じゃなかったから)

ここは先生の日常で、先生は空港を通り過ぎるひとではなかったから、気づいたのです。

『まあとにかく、ほっとしたよ。もう大丈夫だ。やれやれだ』

先生の声が、心の中で、ため息交じりに弾けました。でもそのとき、声の調子が変わり、焦りと沈鬱な響きとともに、声がいいました。

『駄目だ、あれはもう駄目だ』

その視線に振り返ると、たまたまひとけの途絶えた階段のそばで、あのピンクの服のお母さんが、子どもを抱きかかえているところでした。知らないひとが遠目に見れば、それは、我が子を抱きしめる優しい姿に見えたかも知れません。階段の両端に並べられたプランターからあふれるつややかな観葉植物の緑の葉や茎と、そのひとの高そうな服の鮮やかなピンク色は馴染んで、それはまるで、一枚の絵のように素敵に見える情景でした。

でもそのとき、桂も先生も、瞬時に悟ったのです。あのお母さんは、我が子を手すりから下に落とすつもりなのだと。こちらに背を向けているそのひとの、その表情はわかりません。笑っているのか泣いているのか、それとも怒っているのか。桂には想像がつきませんでした。

桂はくらりとしました。あの階段は二階のここから地下二階まで、吹き抜けのようになっていたはず。落ちればまず助かりません。

　女の子は母親のしようとしていることに気づいたのか、必死になってお母さんの体や髪にしがみついています。でも、その抵抗も時間の問題なのが見て取れました。何しろその子は幼くて小さくて、そしてもう十分傷ついて、疲れ果てていたのですから。

『少年よ、あとは頼んだ』

　急に電動車椅子が音を立てて走り出しました。階段の上に立つ親子の方に向かって。

『この車椅子は特注品でね。ここだけの話とても速く走れるんだ』

　その音のせいか、車椅子を振り返った母親はぎょっとしたような顔をしました。

　桂は悟りました。先生が何をしようとしているのかということと、そのひとは自らの死を恐れていないということを。

　車椅子は、親子に突っ込みました。母親は無意識のうちに、階段の上の方へとからだを捻《ねじ》ったので、女の子も自然に、手すりから遠ざかりました。そのかわり、電動車椅子は、先生を乗せたまま、階段の下へと転がり落ちていったのです。

　その瞬間、桂が願うよりも早く、奇跡が起きました。階段の両端に置かれたプランター、そこに植えられたポトスやモンステラたちが、一斉に葉と蔓を伸ばし、電動車椅子を受け止めようとしたのでした。

車椅子は重く、植物たちには支えきれず、葉や蔓が、緑の血を散らしたように、辺りに散りました。けれど、それでも車椅子は、その上に乗っていた先生のからだは、下の階へとゆっくりと弾みながら、柔らかく落ちたのでした。

そのときには、空港の職員さんたちと警備のひとたちが、集まってきていました。たまたまフロアにいた旅人たちも、なんだなんだと集まってきます。

そうして、あの母親の退路をそれと知らないうちに塞ぎました。

桂ははっとしました。下の階に無事に着地した車椅子の中でいまはぐったりと気を失っている先生。あのひとはきっと、こうなることも予想し、狙っていたのでしょう。

空港の警備のひとが、いいました。

「そこのお母さん、すぐ近くで見てたんだそうですね。すみません、ちょっとお話をきかせていただけないでしょうか？

なんでまた、急に車椅子が落ちたのか」

「わたしはなにも」

ピンクの服を着た母親は、困ったように、その視線を辺りに走らせました。自分のまわりにできあがった、ひとの囲いから、逃げ出せるところを探そうとしているようでした。

女の子はいまは床に降りていて、お母さんのお腹の辺りに、泣きそうな顔をしてすがりついています。

桂は切なくなりました。あんなお母さんでも、あの子には世界でたったひとりの大好きなお母さんなのでしょうか。つねられ、蹴られ、階段の下に落とされそうになっても。

（でも……）

それならば、このままにしておいてはいけないのです。あの子のためにも。そしてきっと、あのお母さん本人のためにも。

何よりも、命をかけてこの親子を助けようとした、車椅子の先生のために。

桂は、ひとつ息をして、声を上げました。

「そのお母さんは、子どもを虐待しています。車椅子の先生は、それを止めようとして、階段の下に落ちたんです」

みんなの視線が、母親に集中しました。

母親は青ざめ、女の子を抱きしめて、叫びました。

「わたしは、わたしはそんなことしてません。虐待なんて、してない。証拠でもあるの？」

つり上がった目で、桂を睨みつけました。

あります、と、桂はいいきりました。

「その女の子の服の下に、つねったり蹴ったりした痕があると思います」

母親は、細く悲鳴を上げました。

「なんでそんな嘘をいうの？　嘘つき」

「ぼくは、嘘なんてつきません」

「いいえ。嘘よ。嘘つきよ」

そのとき、人波の間を、すうっと通り抜けて、ほっそりとした人影が、母親のそばに立ちました。

大きなトランクを提げ、首に鮮やかな色のスカーフを巻いた、美しいおばあさんでした。

母親を、そして辺りにいるひとびとを振り返り、みつめて、静かにいいました。

「わたくし、磯谷唄子と申します。この子は花咲桂といいまして、わたくしの孫のような少年です。赤ちゃんの時から知っていますので、断言出来ますけれど、お日様が西から昇ったって、嘘なんてつく子じゃございませんのよ」

辺りがざわめきました。午後のワイドショーのレギュラーをつとめたこともあるような、顔の知れている著名人です。突然の登場に、主に旅行者たちが驚きました。スマートフォンで写真を撮り始めるひとびともいます。空港の職員さんたちは、唄子さんを見知っているのでしょう。名乗る以前に誰なのか気づいたのか、それぞれうなずきながら、微笑んでいました。

女の子を抱いた母親は、ただ驚いて、立ち尽くしていました。その腕の中の女の子に、唄子さんは微笑みかけました。

「おいで。かわいい子ねえ」というと、小さな女の子を、母親の手から抱き取りました。唄子さんは子どもの扱いに慣れていました。一瞬のことだったのと、あまりに突然のことだったので、母親も女の子も、なすがままになっていました。

桂が唄子さんを見つめると、唄子さんは黙って頷き、そして女の子のスカートをほんの少しだけ上げて、太ももの辺りを見ました。

表情が曇りました。その様子を見て、母親は、その場に崩れるように座り込みました。

そして、静かになった空港に、そのとき、急ぎ足で、ひとりの立派な紳士が到着しました。タクシー乗り場の辺りから、フロアに入ってきた頃は、上機嫌に、弾むような足取りで歩いていました。懐かしそうな笑みさえ浮かべていたそのひとは、場の異常な空気に気づいたのか、足を止めました。

表情が静かになり、すっと辺りを見回します。そのときちょうど、たんかに乗せられた先生が、床から持ち上げられたところでした。階下のその先生の姿を認めただろうときのその紳士の表情を見て、桂はこのひとが先生が待ち合わせをしていたという友人——小児科の先生なのだろうと悟りました。

桂は、そのひとのそばに歩み寄りました。

事情を説明しなくてはいけません。

先生に後を任されたのですから。


十日ほど経った頃、桂は先生に会いに、また空港に行きました。先生の友人を通して、桂のメールアドレスを先生に教えてもらっていたのですが、あって話したい、と誘われたのです。

念のためにと入院していた先生は、その前の日に退院して空港のそばの家に帰宅したそうでした。

梅雨の晴れ間の空からは、澄んだ光が、空港の中に降りそそぎ、今日も草花は、ひとの耳には聞こえない声でうたっていました。

その日も小さな公園のそばの広場では、音楽が奏でられていました。今日はギターとバイオリンで、先にその場所にきていた先生は、桂に気づくと、右手の指を少しだけあげて、微笑みました。

ふたりで美しい音楽を並んで聴きました。

やがて演奏が終わり、集まっていたひとびとが散っていった後、その場に残った桂と先生はあれこれと会話をしました。

植物たちの力を借りて、心の声を使って。

『怪我はたいしたことが無かった。弾みで捻挫したくらいのものだったよ』

穏やかな「声」で、先生はいいました。『それもこれも、空港の優しい植物たちと、そして桂くん、きみが助けてくれたからなんだね』

草花と花咲家との物語、そして、緑が先生を助けたのだということは、メールで説明してありました。病床でそれを読んだ先生が、それをどう思うか、笑うか呆れるか。

わからないけれど、緑たちの思いは伝えたいと思ったのです。

「先生、信じてくださるんですか？　そのう、自分でいうのもなんですが、お伽話みたいな、不思議な話だと思うんですけれど」

先生はかすかに首を動かしました。ゆるく横に振ろうとしたようでした。

『わたしはあのとき、実際に、プランターの植物が魔法のように伸びるのを目撃したんだよ。そうして受け止められ、助けられた。あれこそまさにお伽話だ。現実がお伽話の世界に通じていたんだ。仕方ないだろう。もう信じるしかないよ』

声は笑いました。『あの場にいたひとびとは、みんな、プランターが倒れただけだと思い込もうとしているようだけれど、わたしは仮にも、科学者だからね。どんなに現実離れした出来事でも、自分自身が現実だとして認識したものは、真実だと理解するだけさ』

「じゃあ」

先生は優しい目で、桂を、空港に葉を広げる植物たちを見やりました。

『きみは植物と友達の、魔法使いのような一族の少年で、ここの緑たちは、わたしのことを好きでいてくれる、素敵な存在だ。……わたしはこのからだになって以来、世間に背を向けて、ひとりぼっちになったと思っていたんだが、何のことはない。毎日、植物たちのあたたかな目に見守られていたんだな。自分が気づかなかっただけで。自分が認識していなかっただけで、世界には、優しい奇跡も魔法も存在していたんだ』

桂もまた、微笑みました。

いつしかフロアには、有線の静かなピアノのメロディが奏でられていました。優しい、寄せては返す波のようなメロディ。

『ショパンだよ』先生はいいました。『ノクターンの、ああ、これは何番の何だったかな。弾いているのは誰だ。音楽にもすっかり疎《うと》くなってしまった。なんてことだ。この演奏のレコードはうちにあるから、好きなら今度聞きにおいで』

はい、と桂はうなずきました。

『子どもの頃、魔法使いが登場するような本が好きでねえ。いつかそんな友達が欲しいと思っていたよ。まさかおとなになって、そんな昔の夢が叶うとは思っていなかったよ』

桂は肩をすくめました。

「うちの姉は、この力は未解明なだけで、魔法でも何でもない、たとえばペンギンが海を泳いだり、チーターがすごい速度でサバンナを走るようなものだといつもいっています」

『君はどう思うんだい？』

「ぼくは……魔法だと思いたい。そう信じていたいと思ってます。だって、その方がきっと素敵だから」

『君がそう思うのなら、君の持つその力は魔法なんだろう』

そして、先生は言葉を続けました。

『いつの頃からかな。世界には魔法なんてないと思っていたんだ。奇跡とか神様とか、そういう優しいものはすべてね。だって、もし神様がいるのなら、世界にはどんな災害もないだろう。恐ろしい天災や理不尽な人災で、善良なひとびとが死に、無垢《むく》なひとびとが泣くこともないだろう、と思った。両親のどちらも、子どもの頃に病気で見送ったのが、そう考え始めるきっかけだったかも知れないね。どんなに祈っても、命は助からない。それを人生の早い時期に知ってしまったからかも。

その思いは日に日に強くなり、わたしはいつか、神に祈らなくなった。願うことも望むこともないおとなに成長した。いつしか、自分が神になろうと思っていた。持って生まれたこの頭脳で、世のすべてを極め、不在の神の代わりにこの手で世を救おうと。研究に研究を重ね、一日でも長く、いまわの際の誰かの生を延ばし、一時間でも長く、家族が永い別れに泣かずにいられるようにしよう、と。

少しは研究を進めることが出来たと思う。でもまだまだ、と思っていた時期に、幼い我が子がふとした病で死に、やがて自分が疲れと重い病で倒れた。そのときに、神がいないという思いは、決定的になった。

神も仏もあるものか。もし神がいるのなら、このわたしがこんな風に病むことはなかっただろう。世界のために、たくさんのひとびとを救うために研究を重ねていたわたしがね。

生きることが空しくなった。命長らえていたけれど、生ける屍《しかばね》のように、ただ訪れる死を待っていた。このからだではもう、いままでのように最先端の研究を続けることはできない。所属していた研究所にも大学にも、行かなくなった。辞めてしまった。

あとはただ、空港に来て、暇つぶしのように空を見上げるだけだった。このからだでは、死ぬこともできないし、プライドがそれを邪魔した。こんなに辛い思いをして自死を選ぶのでは、自分がすべてのものに負けてしまうような気がしたんだ。友人知人に心配され、かわいそうになんていわれるだろうと思うのも耐えられなかった。

だから、表面上は楽しそうに、一見悠々自適の生活を送っているような振りをしながら、ただ生きていた。実際は寿命が尽きる日を待っていただけだった。

そんなとき、桂君、きみと出会ったんだ。

神の存在を信じず、捨て去ったわたしに、世界はなんと優しいのだろうと思った。

こうして君という奇跡を、わたしのもとに使わしてくれた。わたしはね、きみからの物語のようなメールをタブレットで受信したとき、液晶画面を見つめて泣いたんだよ。

嬉しくてね。嬉しくて泣いたのは、とても久しぶりのことだった。そんな日は、もう一生ないかと思っていたよ』

その日、先生は、これから自宅にひとがくるというので、桂はタクシー乗り場まで電動車椅子を送っていきました。

乗り場のそばで、空港の緑たちと離れているせいで、途切れ途切れにしか聞こえない心の声を、桂は車椅子を押すようにグリップに手を置きながら、聞いていました。

『桂くん。緑の魔法使いの少年よ。君は、若い。その目でこれからたくさんのものを見、その頭脳でいろんなことを考え、優しい心で、いろんなことを感じるのだろうなあ。

君がいつかおとなになり、翼を得て、ここから遠くへ旅立つ日が楽しみだ。そのときまで、わたしは生きていられるかなあ』

よく晴れた空を、先生は見上げるようにしました。口元がかすかに笑いました。

今日家に来る客人は、家の改装をお願いするひとたちなのだといいました。

『まだ右手の指が三本動くからね。パソコンを使って、メールだけじゃなく、少しでも研究ができるようにしたいんだ。車椅子でもっと動けるように、部屋を改造しようと思って。そのための打ち合わせをいまからするんだ。まだ、諦めるのは早い、そう思ってね。なぜって、まだ、わたしの脳は考えることをやめず、まだこの心臓は動いている。そして何よりもまだ、心は動き、出会った奇跡を否定せず、信じようと思えたからね』

先生は運転手さんに助けられて、タクシーに乗りました。

「お元気で」

桂がそういうと、先生の指は揺れながら少し動いて、窓越しに、グッドラックのかたちを作りました。

そして、遠ざかる車から、奇跡のように、

『少年よ、良い旅を。お互いに良い旅を』

明るい「言葉」が、弾けるように響いたのでした。

あとがき

花咲家のひとびとの物語、第三巻は、『花咲家の旅』、一家それぞれの旅の物語です。

いまは亡き妻とかつて訪れた南九州に、ひとり空路で向かう木太郎おじいちゃんの話や、学生時代にとある北欧の国で幻想的な時間を過ごした草太郎お父さんの冒険譚、迷子になった先で、しっぽが二本ある謎の猫と出会う小雪の旅と、将来について悩む、りら子の陸路の旅、空港で車椅子の素敵なおじさまと不幸な少女の危機を救う桂、そして千草苑で、若い才能の行く末を見守る茉莉亜の、人生の旅の物語です。

八月刊行の予定だったので、旅がテーマってどうかなと、企画の段階から、タイトルと全体の構成は決めていました。が。他社の新刊と同時進行になってしまい、何とか時間を作るために、羽田空港のホテルで打ち合わせしたのは、良い思い出です。長崎から飛んで空港の中のホテルで打ち合わせして、翌日には帰りました。仕事の量と〆切りには追われましたが、楽しかったです。

旅することと、移動することはとても好きです。特に空路。飛行機と空港が好きで好きで。

これはよくひとに話すのですが、「いまの時代」の人間として生まれてきてよかったなあ、と思うことのひとつが、飛行機が空を飛ぶ時代に生まれてきたこと、です。

鳥のように空を飛んでみたい、歩くのではたどりつけない遠くまで旅したい、人類の長い間の願いの結実、受け継がれてきた技術の象徴として旅客機があるのだと思うと、あの姿はほんとうに美しいものだなあと思うのです。そして、鳥か天使でなければ見られなかったろう高度から見下ろす、機窓の下に広がるひとの街。遠く遠く広がってゆく、その美しさを知ることができる時代に生まれて、幸福だったと思います。


今回も校正と校閲の鷗来堂さんにはお世話になりました。鷗来堂さんのフォローがあってこその私の本です。感謝です。

そして、物語の中から飛び出してきたような、愛らしいいりら子と小雪を描いてくださった、カスヤナガトさん。素敵な装幀の bookwall さん、ありがとうございました。

二〇一五年七月　　村山早紀

この作品は徳間文庫のために書下されました。
なお本作品はフィクションであり実在の個人・団体などとは一切関係がありません。

徳間文庫

花《はな》咲《さき》家《け》の旅《たび》

2015年8月15日 初刷

著者 村《むら》山《やま》早《さ》紀《き》
発行者 平野健一
発行所 株式会社徳間書店
東京都港区芝大門二—二—二〒105—8055
電話 編集〇三(五四〇三)四三四九
販売〇四八(四五一)五九六〇
振替 〇〇一四〇—〇—四四三九二
印刷
製本 株式会社廣済堂

ISBN978-4-19-894000-3 (乱丁、落丁本はお取りかえいたします)